「待つよ。アイリスが
ちゃんと決めるまでは待つ。
でも、少しだけ
ご褒美をちょうだい。
そして、どれだけ僕が君を好きか、
わかって」

# Contents

# 廃棄巫女の私が聖女!?

## でも騎士様に溺愛されているので、教会には戻れません!

下

# 廃棄巫女編・後半

眠るのすら怖くて、じっと椅子に座ったまま時間だけが過ぎていく。薄明るかった空は完全に明け、朝日が部屋に入り込んできた。部屋の鍵が開く音がして、私をここに連れてきた男が顔を出す。

「着替えてはいないのか。食事も……大丈夫だ、なにも入れてはいない」

男の声が妙に柔らかいことが気にかかる。オーラからしても根っからの悪人でない以上、私に多少なりとも同情してくれているのかもしれない。私を見る視線も穏やかだ。

「お願いです。逃がしてください」

「すまないが、それはできない。頼む、今は言うとおりにしてくれ」

なにかを我慢している様子で辛そうに訴えてくる。男爵に雇われている以上に彼もなにか理由があるのかもしれない。それでも言うとおりにするのはどうしても嫌だった。

「嫌です。どうせ、ドル男爵のためでしょう?」

男は少しだけ悲しそうな顔をする。なぜあなたがそんな顔をするのかと聞きたくなったが、距離を詰めるのも話をするのも今は嫌だった。

「食事が嫌なら水だけでも飲んでおけ。また後で迎えに来るから。どうか着替えておいてほしい。そのままでは身体に障《さわ》るから」

そう言うとあっけなく部屋から出て行った。なんだか肩透かしを食らった気分だ。少し間をおいて冷静に自分の姿を見てみれば確かにひどい。せっかくジュオルノに買ってもらった服だというのに、あちこち泥だらけで破れ、吐いたもので汚れていた。

確かにここを連れ出されるにしても、この姿では逃げる際にも目立つだろう。とは言ったものの、用意されたドレスもとても目立つ。どうするべきだろうか。ぐう、とお腹が再度空腹を訴えた。胃もからっぽでもうクタクタだった。

仕方がない、と腹を決めた私はパンとチーズには手を付けず、水の匂いを嗅《か》いで異常がないことを確かめ、先ほどの「なにも入れていない」という言葉を信じて喉を潤した。彼の言葉に嘘はないようで、水は水だった。喉が潤うと少しだけ落ち着く。

汚れた服のままでいるよりはましだと何度も言い聞かせ、私は悔しさをこらえながらも、のろのろと服を脱ぎ、用意されたドレスに着替えた。それは気味の悪いほど私の身体にぴったりと馴《な》染《じ》んだ。いや、むしろ少し窮屈《きゅうくつ》かもしれない。

男爵が教会にいたころの私のサイズで用意させたのだろう。いつ身体のサイズを確認されたのかと考えると非常に気味が悪かった。じゃらじゃらと装飾品が付けられていて動くたびに音がするが、それでも動けないほどではないのが救いだ。

悪趣味だな、と思いながらせめて動きやすいようにと髪形を整えていると、また先ほどの男が部屋に入ってきた。着替え中だったらどうするんだ。ノックくらいしろ、と無神経さに腹がたったが、よく考えれば誘拐犯に無神経もなにもない。

「着替えたか。よかった」

安堵が混じる声に、あなたのためじゃない！　と言い返したかったが、口をきくのすら嫌で顔を背ける。いくら気遣ってくれたところで彼は私を誘拐した男爵の部下だ。心を許すことはできない。

「男爵様がお待ちだ。無理やりに運ばれたくないならついてこい」

やっぱり相手は男爵じゃないかと苛立《いらだ》ちながらも、ここで抵抗して無駄な体力を使うのは避けたくて、悔しいが男の言葉に従い、その後ろに続いた。

扉をくぐると最初にここに来るために歩いた廊下に出る。

「先に言っておくが、今は無駄な抵抗はしないでくれ。すぐなにかをされることはない。利用価値があると思われているんだ」

「利用価値？」

男はそれ以上なにも言わなくなる。これ以上質問しても無駄な気がして私は口をとじたまま、それに従った。廊下を歩く途中、ガラの悪い男たちとすれ違う。警備を任されているのだろう。私を見て嫌な笑みを浮かべているのが気味悪く、私は視線を落としたままで歩き続けた。

昨夜、男爵と対面を果たした部屋に連れて行かれた。昨日嗅いだ嫌な匂いが部屋全体に強く染みついている気がして、口を閉じてなるべく呼吸をしないように気を付ける。

「アイリス！　よく似合っているぞ！」

私を出迎えた男爵の装いは妙に上等で、私のドレス同様に悪趣味なゴテゴテとした派手な服だ。まるでお揃いのような服装に鳥肌が立つ。

「これならばあの方に会わせても問題はないだろう。さあ参るぞ！」

あの方？　どこに行くの？　と聞きたくなったが、余計な口をきけばここに長居させられそうで嫌だったし、男爵と口をきくのも嫌だ。口をつぐんだままの私に男爵が満足げに鼻を鳴らし、にたりと笑った。男爵と男に挟まれるようにして部屋を出る。廊下にはさっきの男たちもいて逃げ出すことは難しそうだった。

外は明るいというのに、男爵の屋敷の中は陰気さしか感じられない。長い廊下を延々と歩かされ、ようやく外に出るための扉にたどり着いた。外は屋敷の中とは違い明るく、空気は新鮮で私は思い切り深呼吸をした。匂いで気分が悪かったのが少しだけ楽になる。しかしそれも長くは続かない。用意されていた馬車へと連れ込まれる。この馬車もずいぶんと派手で悪趣味なデザインだ。

「どこに……」

「黙ってついてくればいい」

男爵の反論を許さない口調に身を固くする。馬車の中で二人きりになるのは怖かったが、部下である男も一緒に乗り込んできてくれたので、複雑だが少し助かった気分だ。信用はできないが悪人ではないとわかっているのが救いだった。

「普通に暮らしていては絶対に会えないような素晴らしい方に会わせてやろう」

まるでそれがなによりも素晴らしいことであるかのように男爵は笑う。動き出した馬車と共に流れ出す窓の外。いったいこれからどうなるんだろうという不安を抱え、それでも決して挫《くじ》けるものかと、私は見知った人一人でも見つけられればという思いを込めて必死に窓の外を見つめ続けた。

馬車は一番広い街道を通っているようだった。遠くに教会が見え、つい一週間前まではあそこにいたのだというのに現実感がない。無理やり馬車から飛び出せないかと考えたが、窓は小さくはめ殺しで、扉側には男と男爵が座っていて、実行は不可能そうだった。

「アイリス。お前、まだ身体は清いままだろうな」

「なっ!!」

なんてことを聞くのだ。恥ずかしさよりも気味の悪さが勝って血の気が引く。男爵から逃げるように狭い馬車の中で身体を反らせるが、私を頭の先からつま先まで舐めるように眺めまわしていた男爵が満足げに鼻を鳴らす。

「男の味を知っているようには見えんな。安心したぞ」

どこまで悪趣味なんだろう、この男は。

「もしお前が聖なる力をなくしていたらどうしようかと思ったが、杞憂《きゆう》のようだ」

「私が力を持っているかどうかなど、男爵様には関係ないのでは」

ようやく口をきいた私に男爵は一瞬目を丸くするが、にたり、といやらしい笑みを浮かべた。

「それが関係あるのだよ、アイリス。私がお慕いする尊い方が巫女を探している。ぜひお前をと推薦したのだ」

尊い方、と男爵が口にした瞬間、瞳が怪しげに光った気がして私は恐怖で身体が強張る。それは誰、と聞きたいのに唇が乾いて喉から声が出ない。推薦とはなんだ。金と暴力で無理やり連れてきておいて。怒りを込めて男爵を睨みつけるが、男爵は私を見ているようで私を見ていなかった。歪んだ笑みを浮かべたままだ。

ここで喚《わめ》いても勝てないことはいやでもわかった。反応する体力を使うのすら嫌で、私は男爵から視線をそらした。

「さあ、城に着くぞ」

男爵は私の髪と目を隠すためか黒いベールを私に被せた。なぜかそのベールを被せられた途《と》端《たん》、口がきけなくなる。身体も自由に動かない。

「不思議か？　それは身に付けた者を拘束し存在そのものを希薄にさせる魔術具だ。お前を連れてくる際にも大変役に立った私の自慢の品だ」

「…………っ！」

いくら金を積んだとはいえ、あの屋敷から私を連れ出せた理由はこれかと、男爵の悪趣味さにさらに気分が悪くなる。

「私のような仕事をしていると面白い道具が手に入るのだよ。まあ、それはあの方からの賜《たまわ》り物だがな」

にたり、といやらしく笑う男爵はどこまでも醜悪《しゅうあく》だった。馬車が止まると、城の兵士が扉を開けて中を確認してきた。

「男爵様、今日はどうされましたか」

「アイリーン様に呼ばれていてな。連絡は来ているか」

「少々お待ちください」

兵士がなにやら確認にその場を離れる。

アイリーンとは国王陛下の側室になった女性の名前だ。ずっと前に一度だけ、遠目に姿を見たことがある。陛下に伴われて教会に礼拝に来ていた。貴族女性と言われてまっさきにイメージするような眩《まぶ》しいほど華やかな女性だった。

なぜ彼女が男爵と？　嫌な予感しかない。

「お待たせしました。中へどうぞ」

戻ってきた兵士が笑顔で男爵に入城を許可した。

兵士は一瞬だけ私を視界にとらえたが、男爵が語るようにそこに私がいることには気が付いていない様子だ。待って、助けて！　と叫びたかったが、ベールのせいで口がきけない。

結局、馬車の扉は無情にも閉められてしまった。再び走り出した馬車は、そのまま城門を抜け城へと向かう。しかし城の門を通り過ぎたところで、その奥にある小さな離宮のほうに進路を変える。馬車が止まると、まるで待ち構えていたように使用人ふうの男が離宮から出てきて馬車の扉を開けた。

「ついてこい」

男爵はまるで私に興味を失ったように足取り軽く馬車から降りていく。ベールを剝《は》がされ、ようやく動けるようになった私は、男と共に馬車を降り、その後に続く。誰ともすれ違わない離宮の中を延々と歩かされる。

奥へ奥へと進んでいくと、男爵の屋敷で嗅いだのによく似た匂いが私の鼻をくすぐった。ただでさえ弱っている身体には毒のようなそれを嗅がないように口と鼻を押さえる。

廊下の一番奥、黄金と天鵞絨《ビロード》でこれでもかというほどに装飾された大きな扉の前に立つと、男爵がうやうやしくその扉をノックした。

すると不思議なことに扉がひとりでに開いた。男爵は私のほうを見ると、にたりと気味の悪い笑みを浮かべた。

「ザック。アイリスを逃がすなよ。しばらく待っていろ」

「はい」

男が答える。この人はザックというらしい。

男爵が消えた扉の向こうからはなんの音もしない。早くどうにかしなければという焦《あせ》りを感じながら、誰か来ないかと周囲を見回すが、不気味なほどに人気はなく静かだ。お城とはこんなに冷え冷えとした場所なのかと不安になる。

ふと視線を感じたのでザックのほうを見れば、なぜか私を見ていた。

「お願い、私を逃がして」

彼は悪人ではない。オーラの色がそれを物語っている。男爵の目のない今であれば頼めば逃がしてもらえるかもしれない。しかしザックは困ったように目を伏せる。

「…………今は男爵様に無理に逆らわないほうがいい。ここはあの女が取り仕切っている」

それは助けてくれないということなのだろうか。私は戸惑いながらザックを見上げるが、彼はすぐに視線をそらしてしまった。その間を計ったように扉が開き、喜びを噛みしめるような顔をした男爵が出てきた。

「こっちに来い！」

ザックから私を奪い取るように男爵が私の腕を掴み、扉の内側に引き込む。触れられたせいで男爵の不気味なオーラがはっきりと見えてしまい、私は思わず目をそらし、すがるようにザックを見るが無情にも扉はぴったりと閉じられてしまった。

抵抗らしい抵抗もできないままに連れ込まれた部屋は、恐ろしいほどに広い。その部屋の中央に大きな天蓋付のベッドがある。ベッドだけで教会時代の私の部屋くらいあるんじゃないだろうか。ぽかん、と口を開けてそれを見つめていると、ようやく腕を離した男爵が私の背中を押した。

「っ……！」

よろけてベッドのそばに座り込むように倒れてしまう。ドレスが重くてうまく動けない。

「アイリーン様、お加減はいかがですかな！」

「……叫ばないでちょうだい、耳障りだわ……」

か細い女性の声がして、私はそちらに視線を向けた。ベッドに横たわっている女性の顔ははっきりしないが、美しい白い手にはたくさんの宝石が付いた指輪がはめられているのが見えた。

「も、申し訳ありません。アイリーン様、これが例の巫女です。貴女様のお役に立てますし、きっと今の苦しみも和《やわ》らげることができるはずです」

男爵によって腕を摑まれ無理やり立たされる。そうして、ようやく顔を見ることができた女性、彼らがアイリーンと呼んでいる人の顔を見ることができた。

小さな顔、すっきりとした鼻梁《びりょう》、小さく容《かたち》のよい唇。まるで人形のようなとびきりの美貌の女性が力なくベッドに横たわっている。顔色は血の気を失っており、身体は今にも消えてなくなりそうなほどに痩せ細っていた。私を見つめる瞳は虚《うつ》ろだが妙な迫力というか、情念が感じられて、とてもきれいな人だけれど、私はとにかく怖いと感じ、後ずさる。

「さあアイリス、アイリーン様を癒し、その力を証明しろ!!」

摑まれた腕を引っ張られ、ベッドにぶつけるように突き飛ばされた。衝撃でベッドに手を突けば、そこに寝ていたアイリーンの身体が僅《わず》かに揺れて、不愉快そうな視線が私をとらえる。

「巫女、ね」

値踏みをするような声や視線はどこまでも冷たい。彼女は横たわっているのに、見下ろされている気持ちになる。自分以外の誰も無価値だと言いたげな瞳に背中が震えた。男爵に感じた恐怖とは別物。彼女に逆らえば命はない。そんな気がした。

「わたくしの願いを叶えることができるかどうか証明なさい」

人に命令することに慣れきった口調だ。相手が反抗するなど想像すらしていないだろう。細い腕が持ち上がり私に差しだされる。

「さぁアイリーン様を癒して差し上げるのだ!!」

察しの悪い私を叱り飛ばすように男爵が声を荒らげる。彼女がひどく苦しいのは見てわかった。私や男爵を虫けらのように見ながらも、呼吸は浅く今にもその生命が掻き消えそうな弱々しさがあった。私に差し出された手は痩せ細り、細かく震えていた。

「……わかりました」

たとえそれがどんなに嫌な相手でも、目の前の苦しんでいる人や、困っている人には手を差し伸べたくなってしまう自分が今は恨めしかった。これまでの生き方で染みついたことだから仕方ないけれど。

アイリーンは私の返事に少しだけ目を細めた後、億劫《おっくう》そうに顎《あご》をしゃくる。私は恐る恐る痩せ細った彼女の手に自分の手を重ねた。

◇

神官長の口からドル男爵という名前が出たとたん、文官たちの表情が暗くなった。

王都に暮らしていない僕には聞き覚えのない名前だが、彼らの様子からアイリスを欲しがっていたという男爵が問題のある人物であることがわかる。

「状況は一刻を争う。知っていることはなんでも話してくれ」

しばしの沈黙の後、若い文官が声を潜《ひそ》めつつ、口を開いた。

「ドル家は跡継ぎのいない、絶えるだけの男爵家でした。しかし数年前にとある男が養子となり跡を継いでいます。それが今のドル男爵です。彼は平民の商人でした。ゆえに、貴族としての振る舞いはあまりよろしくなく、悪い噂も跡を絶たない方です」

「悪い噂？」

「取り扱いが禁止されている魔術具を不法に売りさばいたり、奴隷を売り買いしているなど、あとはとても口には……それと、その……」

「はっきりと言え！」

「アイリーン様に大変心酔されている方で、頻繁に城にもいらしています」

「!!」

「ドル家の養子になったのもアイリーン様の口利きで、先代の男爵に隠居先を準備するため大金を払ったと噂されています。要は金で爵位を得た者です」

まさかここでまたアイリーンの名前を聞くとは思わなかった。どこまで煩《わずら》わしい存在なのかと奥歯を噛みしめる。

今すぐにでも男爵の家を突き止め、アイリスを助けに向かいたい。しかしその時間すら惜しい。下手に動けば、アイリスをさらに隠匿《いんとく》されるか、彼女に危害が及ぶかもしれない。アイリスが聖女であってもなくても、彼女に危険が及ぶことを考えるだけで息ができないほどに苦しかった。なにが最良か考える時間すら惜しいというのに考えが整理できない。焦燥感《しょうそうかん》で燃えつきてしまいそうだった。

出会って、たった一週間だ。それでもこれまでの人生は彼女に出会うための時間だったと確信できるほどに、今はアイリスが愛おしい。助けてもらったからではない。聖女に選ばれたからでもない。彼女の飾らない笑顔や謙虚さ、それでいて変なところで不器用で頑固な少女。一緒に生きていけたらどれだけ幸せだろう。あの笑顔を思い出すだけで今は胸が苦しい。

どうすればいい？　本当にアイリスを誘拐したのは男爵なのか？　それともアイリーンがかかわっているのか？

黙り込んだ僕を文官たちが心配そうに見つめている。まずは男爵の居所を摑むべきだろうと、口を開きかけた瞬間、兵士が慌てた様子で駆け寄ってきた。

「お知らせします。先ほど、ドル男爵が登城したとの知らせが」

「なに!?」

周囲がざわめく。神官長から男爵の名前が出た時点で動いていてくれたのだろうか。さすがは王城に仕《つか》える者たちだと感心と感謝を感じながらも、僕は息を切らせている兵士に近寄った。

「それは本当か」

「はい。アイリーン様がお呼びになったようです。それとは別に匿名《とくめい》の通報がありました」

「通報？」

「男爵が巫女を誘拐しているので調べてほしい、と」

「！」

アイリスのことだ、間違いない。

いったい誰がと思ったが、それよりも男爵が登城してきたということは、アイリスは今男爵の屋敷にいるのか。それとも一緒に登城してきているのか。入城時に男爵を確認した兵士はいつものように部下を一人連れていたことしか確認していないというが、魔術具を扱っている男爵ならば気配を消す類の道具を使ってアイリスを連れ回している可能性も高い。誘拐したアイリスを城に連れてくる理由がわからないと一瞬迷うが、アイリーンの名前が出たことを考えると、男爵はアイリスにアイリーンの解呪をさせようとでもしているのではないか。

男爵がアイリーンの信者ならば、巫女の力を使って助けようとするかもしれない。確証はないが、可能性が高い。

「男爵は今どこに！」

気が付けば声を荒らげていた。兵士は僕の顔を見て怯えつつも、アイリーンが療養している離宮に向かったらしいと口にした。

「今すぐそこに向かう、案内しろ！」

「はっ！」

兵士たちを伴い、身を焦《こ》がしそうな息苦しさを感じながら僕は走り出した。

待っていてアイリス、必ず助けるから。

◇

「っ…………ヒッ」

悲鳴を上げなかったのが不思議なほどに醜悪なものを見てしまった。いや、悲鳴を上げられなかったというべきだろう。

男爵のオーラとは比べものにならないほどにおどろおどろしく、まるで生き物のようにうごめく巨大で醜《みにく》いオーラ。それに絡みつく真っ黒な影。恐怖で息が止まる。乾いて張りついたような喉からは声は出ず、ひゅうひゅうとした情けない呼吸音しか出なかった。

その黒い影には見覚えがあった。一度触れたそれは忘れるはずもない。アレはジュオルノに取りついていた呪いだ。あのときよりも濃く深くなった黒い影はまるで意思を持っているようにアイリーンのオーラにしがみついていた。アイリーンがジュオルノを？　混乱と恐怖で手が震え、私はとっさに彼女から手を離していた。

「どうしたアイリス！　さあ、アイリーン様を助けるのだ！」

無理だ。こんなオーラには触れていたくない。祈祷でどうにかなるような域は既に超えていた。異形《いぎょう》とも呼べるほどに肥大化し、欲と怒りと情念に彩《いろど》られたオーラは呪いの影がなくとも、いつかは彼女の心を蝕《むしば》んでいたことだろう。いや、もう蝕まれているのかもしれない。いったいなにがここまで人を変えさせるのか、私は恐怖で身体が凍りそうだった。

「むり、です、これは、わたしには、むりです」

そう口にするのが精一杯だ。呪いである黒い影を無理やりに引き剝《は》がせば、またジュオルノのところに行ってしまうかもしれない。これだけのオーラに混ざった呪いは、きっと最初のとき以上に凶悪だ。次に彼に取りつけば、一瞬で命を奪ってしまうかもしれない。

そんなの、だめ。彼を苦しめるようなことは絶対にしたくない。

彼の爽《さわ》やかな青いオーラを思い出す。こんな醜悪なオーラを持つ人たちとは違う、優しくて温かい人。

泣いたら負けだと滲《にじ》みそうになる涙を必死でこらえ、逃げるようにアイリーンから離れる私に男爵が苛立った怒号を浴びせる。

「いいからやるのだ!!」

今にも私に摑みかかろうとする男爵から逃げるが、重いドレスのせいで足がもつれ、アイリーンの横に倒れ込んでしまう。逃げようともがくが、オーラ同様に醜悪な光を宿した鋭い視線に思いきり睨まれてしまい、あまりの迫力に私は動けなくなる。

「役立たずが」

唸《うな》るように呟《つぶや》いたアイリーンが、枕の下から煌《きら》びやかな短剣を取り出した。痩せ細った腕のどこにそんな力が残されていたのかと驚くほどに素早い動きで鞘《さや》を抜き去り、思い切り振り上げる。ギラリと鈍く光る切っ先には、明確な殺意が感じられた。刺される。恐怖ですくんだ身体では動くことができず、私は反射的に目を閉じ、身体を固くするしかない。

思い出されたのは私を優しく見つめる青い瞳。叶うのならば、もう一度会いたい、と私は思わず彼の名前を心の中で呼んでいた。

「やめろ！」

なにかが壊れる音がして、誰かの叫ぶ声が聞こえた。聞き覚えのある声に、私は都合のいい幻聴を聞いたのかと思った。心の中で名前を呼んだから、頭が、耳が、誤作動を起こしたのかもしれないと。

「アイリス!!」

けれど、その声ははっきりと私を呼んだ。目を開き、扉のほうを振り返れば、開け放たれたそこに、他の誰でもない彼がいた。

「うそ」

「アイリス！」

突然のことに固まり腕を振り下ろし損ねたアイリーンや、戸惑う男爵が動き出す前に、駆け寄ってきたジュオルノが私を奪うようにベッドから引き起こし、彼らから引き離す。

そして、ぎゅっと、その腕に抱きしめられた。

「ああ、アイリス、アイリス。よかった。無事か。どこか痛いところはないか、アイリス」

胸に押しつけられるように抱きしめられているせいでオーラやその表情は見えない。何度も何度も私の名を呼ぶ声は優しく、まるで泣いているみたいに震えている。信じられない気持ちで、これが本当に現実なのか受け止められなかった。胸が苦しい。息だってうまくできない。

「ジュオルノ様」

名前を口にした瞬間に強まる腕の力に、ずっと我慢していた涙が滲む。痛いほどに抱きしめられている感触に、ようやく本当に彼が来てくれたのだと身体と頭が理解した。

「……ジュオルノさ、ま、ジュオルノ様！」

バカのひとつ覚えのように彼の名を口にしてしまえば、もう涙は止められなかった。

「ああ、アイリス。こんなに震えて。怖かっただろう。もう大丈夫だ」

強く抱きしめてくる腕の力が痛いのに嬉しい。応えるように彼の背中に手を回しすがりつけば、もう気持ちは隠しきれなくなる。だめだ、私は気が付いてしまった。

「ジュオルノ様」

彼が私を想っていてくれるように、私も彼が、ジュオルノが好きだ。

「貴様は誰だ！　ここはアイリーン様の部屋だぞ無礼者！」

抱き合う私たちに、ようやく我に返ったらしい男爵が声を荒らげる。その声にジュオルノが私を背後にかばう。それが癪《しゃく》にさわったのか、男爵の顔が赤黒い怒りに染まった。

「おまえがドル男爵か。お前がアイリスを誘拐したのか！」

ジュオルノの追及にも男爵の表情は変わらない。血走った目で私を睨みつけている。正気ではない、そう感じた。

「誘拐だ？　それはそもそも私のものだ！　自分のものを持ち帰ってなにが悪い！　……そうか、お前がアイリスを囲っていたキアノスの貴族だな？　残念だがその娘は私のものなのだ！

諦めろ!!」

勝手すぎる言い分に身体が震えた。怯える私を守るように男爵との間に立ちはだかるジュオルノを包むオーラが怒りの色に染まるのがわかった。

「ものだと？　アイリスは意思のある尊重されるべき存在だ。貴様のような身勝手な言い分がまかり通ると思うな」

「貴様こそ、アイリーン様の部屋に勝手に侵入しておいて、ただで済むと思うな!!」

「許されるさ。アイリスの捜索は王命だ」

「なんだと……！」

男爵の表情が歪む。ジュオルノの言葉を理解しきれていない様子だ。そしてそれは私も一緒で、ベッドに横たわっているアイリーンの腕も僅かに震えた。

「私を探しているの？　王様が？」

「あとで説明するよ、アイリス」

私を背中にかばって男爵を睨みつけたままのジュオルノが、優しい声で語りかけてくれる。守られている、という状況は落ち着かないが、とてもうれしい。ぎゅっとジュオルノの背中の服を摑んで、返事の代わりにした。

「ジュオルノ!!」

喚いていた男爵の言葉を遮るように声を上げたのはアイリーンだ。身体を起こし、ベッドの上を這うようにこちらに向かってきた。痩せ細った腕がジュオルノに向けられて伸ばされている。その瞳はぎらぎらと狂気に燃えている。

「なぜ、なぜ、お前がそこにいるの!!　わたくしを拒んだお前がっ!!」

癇癪《かんしゃく》を起こした子供のような叫びだ。男爵はアイリーンの変貌に驚いた顔をして、彼女とジュオルノを見比べ、怒りで身体を震わせている彼女のそばに近寄りその肩を支えようとする。

「アイリーン様？　いったいどうされたので……」

「黙れ無能が！　巫女を寄越《よこ》すのも遅ければ理解も遅い愚図が！　貴様のような醜いものがそばにいると気が滅入《めい》る！　役立たずはさっさと去《い》ね！」

アイリーンは男爵の腕を無情にも撥《は》ね除ける。男爵はその強い言葉に怯え、傷ついたようによろよろと後ろへと下がった。

「なぜ、そのような……私は貴女様に尽くすために……今日まで」

「うるさい！　去れと言ったのが聞こえなかったか！　ジュオルノ、お前はなぜ無事なのだ！」

「やはり僕を呪ったのは貴女か。いったいなぜ」

「なぜだと？　お前がわたくしを拒んだからだ！　わたくしに逆らうなど許されない!!」

甲高く叫びながらジュオルノを見つめる視線は恐ろしいほどの鋭さが込められており、彼の後ろにいる私をも殺しかねない迫力があった。

「愚かな……このことを知ったら陛下がどれほど悲しむか……」

「黙れ！　わたくしを王妃にもしてくれない！　子供も作ってくれない陛下のことなどどうでもよい！　ジュオルノ、お前はわたくしのものになっておくべきなのよ!!」

「僕になんの価値があるというんだ。貴女はいったいなにを……」

ジュオルノもアイリーンの様子に戸惑いを隠せない。アイリーンはぎらぎらとした瞳でジュオルノを見つめ、こちらに手を伸ばして虚空《こくう》を掻き続けている。

「お前は美しく若い。わたくしに愛され、わたくしを愛すべき男よ！　王家の血を引くお前の子はきっと美しく、未来の王に相応《ふさわ》しいわ!!」

「なに、を」

アイリーンの告白にジュオルノが怯えたように身体を強張らせたのが伝わった。彼女の言葉がなにを意味するのか私にははっきりとはわからない。だがジュオルノの態度から、とても恐ろしい考えを持っていることだけはわかった。

「それなのにわたくしを拒み！　あまつさえ偉そうにわたくしに口答えをして！　許さぬ！苦しみ這いつくばってわたくしのものになると誓わぬかぎり許さぬ！」

その言葉は憎しみと憤《いきどお》りに溢《あふ》れていた。理不尽すぎる言葉に胸が痛いほどに苦しくなる。

「だから、ジュオルノ様を、呪ったの？」

私が呟けば、アイリーンの鋭い視線が真っ直ぐに私に向けられる。美しい顔が恐ろしいほどに歪んでいる。

「巫女の分際で生意気な口を!!　私の呪いは完璧だと魔術師は言っていたわ、ジュオルノはいずれ私にすがるしかないと！　それを解呪するための道具として使ってやろうと思ったのに役立たずが！」

　彼女が巫女を探させていた理由はあまりに愚かなものだった。自分でかけた呪いを解呪させるための道具。その身勝手で強欲な考え方はあまりにも、醜い。

「なのになぜ！　なぜなのジュオルノ！　お前は平気な顔をしている！　そうか、お前が呪いをっ……ゥッ、ゴホッゴホッ！」

　弱った身体で叫び過ぎたからなのか、アイリーンが苦しそうに咳き込む。

　一度拒絶されたにもかかわらず、男爵が慌てて駆け寄りその背中をさすろうとするが、アイリーンはその腕を振り払った。

「触るな！」

「そ、そんな……アイリーン様、あんまりだ」

「うるさいっ!!　わたくしは、わたくしは、こんなところで終わるわけにはいかないのよっ!!」

　崇拝するアイリーンに二度も拒絶された男爵は顔色をなくし、よろよろとその場に座り込んでしまった。アイリーンは奇声を上げ続けている。ひどく汚い言葉で陛下をののしり、私を刺そうとした短剣をシーツに突き立て引き裂く。その姿は狂気そのものだったが、なぜか私には泣き叫んでいる子供のようにも見えた。彼女にも彼女なりの葛藤《かっとう》があって、あの呪いを作ったのかもしれない。もとが美しい女性なだけに、その姿は恐ろしく、同時に憐れだった。

「王家の血を引く子供さえできてしまえば、王太子だって呪いでっ……！」

「今の言葉は本当か、アイリーン」

「…………！」

先ほどまでの暴れ方が嘘のように、アイリーンの動きが止まる。人形のようにぎこちない動きで頭を動かし、信じられないものを見る顔で部屋の入口を凝視していた。

「へい、か」

「お前がそのような心でいたとは……」

悲しげな瞳でアイリーンを見つめている男性を私は知っていた。いや、この国の者ならば皆知っているだろう。国王陛下だ。

「どうして、どうして、陛下が！」

「そなたの美しさや強さは儂《わし》の慰めであった……儂を支えたいという、そなたの言葉を信じていたのに」

悲痛な言葉と表情は国王という立場ではなく、一人の男性としてのものだった。悲しく細められた青い瞳はジュオルノによく似ている。

「い、いやぁぁあああぁ!!」

アイリーンが叫ぶ。

その声に理性はかけらもない。手当たり次第に、握っていた短剣や自分のクッション、身に付けていた装飾品を投げはじめる。大きな宝石の付いた指輪のひとつがジュオルノのきれいな顔にぶつかり、頬に僅かな傷ができてしまった。

「ジュオルノ様！」

思わず叫べば、ジュオルノは大丈夫とでも言いたげに微笑んでくれる。そしてアイリーンの癇癪から私を守るように、また抱きしめてくれた。先ほどとは違う、優しく柔らかな抱擁《ほうよう》。そのせいで、彼の鮮やかできれいな青いオーラと舞い散る花びらがしっかり見えてしまった。

「アイリス」

私を見つめるジュオルノの瞳はどこまでも甘い。オーラと同じ青い瞳が蕩《とろ》けるような色で私を見ている。こんな状況だというのに、胸が痛くて苦しくて、心臓が痛いほどに脈打っている。

「私のせいで、怪我を」

「君は悪くない。それにもう、大丈夫さ」

アイリーンの手元には投げられるものがなくなり、彼女はとうとう泣き出した。

「……あの者を捕らえよ」

疲れ切った国王陛下の言葉に、アイリーンはさらに泣き声を強めた。

「なぜです！　なぜそのような残酷なことを言うの！　わたくしを愛しているのならば許すべ

きだわ！」

「そなたの悪い噂は偽《いつわ》りだと、気の迷いだと信じたかった……もう、そばに置いておくことはできぬ」

「……！　陛下が、陛下がわたくしをないがしろにしたのが悪いのですよ!!　わたくしは人形ではないのに!!　どこまでもわたくしをバカにしてぇぇぇぇ!!」

「……連れて行け」

陛下の後ろに控えていた兵士たちがアイリーンを捕らえる。呪いで身体の弱った彼女は、騒いだことで力を使い果たしたのかもしれない。まるで抜け殻のようにぐったりと、されるがままに引きずられていった。

「ジュオルノ様、あの人は」

「君が気にする必要はないよ」

「でも」

呪いをあのままにしておけば、彼女は衰弱して死んでいくだろう。自分が剥がした呪いが誰かの命を奪うのは気持ちいいものではない。そんな私の葛藤を感じたジュオルノは優しく頭を撫でてくれた。

「原因がわかれば対処はできる。あの者は呪いではなく正しく法で裁かれるべきだ」

私に声をかけたのは国王陛下。まさか陛下に話しかけられる日が来るとは思わなかった。急いで平伏しようと床に手を突きかけるが、ジュオルノによってやんわりと止められる。

「ジュオルノ、彼女が白き巫女か？」

「ええ、そうです。アイリス、大丈夫だから顔を上げて」

「ええと」

国王陛下とジュオルノの会話の意味がわからず、私は二人を交互に見つめる。白き巫女、という呼び方をされていたのはジュオルノから聞いただけなので自覚はない。ただ、白い髪をした巫女は私一人なので、たぶんそうなのだろう。

陛下はなぜかとても安心したように微笑んでいた。その顔がジュオルノの雰囲気とよく似ている気がして、緊張が少しだけ解れる。

陛下とジュオルノは顔を見合わせ、なにかを理解し合ったかのように深く頷《うなず》いた。

「とにかくここでは話はできぬ」

「そうですね。行こう、アイリス」

うながされ歩き出そうとするが、「待て」と切羽詰《せっぱつま》った声で呼び止められる。

「許さんぞ、それは私のものだ！　アイリーン様だけでなく、ソレまで私から奪うのか!!」

男爵が大きな身体を震わせ目を血走らせながら叫んでいた。もはや正気ではないのは誰の目にも明らかだ。ふうふうと巨体を揺らし、手にはアイリーンが振り回していた短剣を握りしめている。その切っ先がぶるぶると震えながらも鋭く光って私たちに向けられていた。兵士たちはアイリーンを捕らえることに気を取られ、床に座り込んでいた男爵までは気が回らなかったらしい。男爵の行動に気が付き戻ってこようとするが、それより早く男爵が動いた。

「アイリスは私がずっと目を付けていたものだ！　騎士風情が勝手に触れるな!!」

がむしゃらに短剣を振り回しながら私のほうへと突進してきた。勢いと迫力で叫ぶ間さえなかった。ジュオルノも反撃の体勢を取れないと判断したのだろう。

「アイリス！」

私の名を呼んでかばうように抱きしめてくる。だめ、そんなのだめ。私のせいでジュオルノがまた傷ついてしまう。

「ジュオルノ様!!」

「うわぁぁぁぁっ!!」

しかし次の瞬間上がった悲鳴は醜い男爵の声だった。私もジュオルノもなにが起こったのかわからずに、その声がしたほうを見る。

男爵が床に無様な体勢で倒れ込んでいる。それを押さえ込んでいる人に私は見覚えがあった。男爵の部下であるはずのザックだ。彼が男爵に体当たりをしたのだろう、その巨体に抱きつき、床へと押し倒している。男爵が振り回していた短剣が彼の頬をかすめ、赤い血が流れていた。

「巫女様！　ご無事ですか!?」

「……どうして……」

ザックはなぜ私を助けてくれたのだろう。意味がわからず私が動けないままでいる間に、兵士が暴れ狂う男爵を押さえつけた。

「離せぇぇ! クソ! ザック!! 貴様、これまでの恩を忘れたか!」

「うるさいクズが! 借金さえなければお前の指示など誰が聞くか!」

兵士たちに押さえつけられ暴れる男爵にザックは唾を吐きかけた。

「巫女様、本当に申し訳ありませんでした。もっと早くに助けて差し上げたかった」

混乱する私がジュオルノを見上げると、なぜか優しい顔をしていた。

「部屋の前にいた彼が僕たちを呼んでくれたんだ。扉を壊す手伝いも。君を、巫女様を助けてほしいと、男爵が巫女を誘拐したと匿名の通報をしてくれていたんだ」

「……どうして……」

理由がわからずザックを見れば、私に向かってひざをついている。

「巫女様はお忘れかもしれませんが、私の母は巫女様の祈祷で救われたのです。痛みを取り除いてくれた。あの御恩は、一生忘れないと私は女神様に誓いました」

正直、まったく覚えていない。それが伝わったのだろう、ザックは少しだけ寂しそうに笑うが、当然だともいう顔をしていた。祈祷は神官に指示されるがままに短い時間で流れ作業のように行うことがほとんどだ。

「あの祈祷で我が家は借金を抱え、男爵に仕えることになりました。法外な祈祷料を求める教会を恨んだことはありましたが、巫女様の力には感謝しかありません。おかげで母は苦しむことなく穏やかな最期を迎えられました」

泣きそうに笑うザック。その言葉に私は自分の無力さを思い出した。

病で苦しむ女性とその家族。まだ祈祷を始めたばかりだった私には彼女の身体を癒す力はなかった。もうその人の命はほとんど消えかかっていて、私にできることは聖なる力で彼女の痛みを取り払うことだけだった。あれがザックの母親だったの？

「男爵が欲しがっている巫女が貴女様と知っていれば……怖い思いをさせたこと、お詫びのしようがありません」

「そんな、そんなこと」

囚われている間、ずっと気遣ってくれていた理由がようやくわかった。でも言葉が思うように出てこない。あのころの私は本当に役目だからと祈りを捧げていただけだ。ザックの顔すらはっきり覚えていない薄情な私のために、こんな危険を冒してくれたと？

「いいや。君の助けがあったからこそ、アイリスは無事だったんだ。それにさっきは身を挺《てい》して助けてくれたではないか。感謝してもしきれないのはこちらだ。アイリスを助けてくれて本当にありがとう」

ジュオルノが私の代わりにザックに言葉をかけてくれる。

どうしてみんな私にこんなに優しくしてくれるんだろう。

「いいえ。私は感謝してもらうような身の上ではありません……雇われの身とはいえ、男爵のもとで様々な悪事に手を染めました。その罪は償《つぐな》います。そしてあの男がこれまでしてきた罪を洗いざらい告発させてください」

ザックの言葉は真剣そのものだ。男爵が部下と呼んだことで兵士はザックを捕らえるべきかと迷っている様子だったが、陛下が「よい」とそれを制止した。

「その者の働きはみごとであった。証人として丁重に扱うのだ」

陛下の声掛けで強張っていたザックの顔に安堵が混じる。覚悟の上とはいえ、自分から罪を告白するのは怖いことだろう。

「巫女様。このような悪夢は忘れて、どうか幸せに」

私に微笑みかけるザックの表情は穏やかで、私はなんと感謝を伝えていいかわからず曖昧に微笑むしかできなかった。

兵士に連行されながらも男爵はまだ喚いていた。ザックへの罵詈雑言《ばりぞうごん》、私への執着、アイリーンへの賛美。そのどれもが支離滅裂《しりめつれつ》で、もう彼の意識はこの世にないのかもしれない。怒りや憎しみを通り越して、もはや憐れに感じるその姿をこれ以上見たくなくて目をそらした。

兵士たちに引きずられていく男爵と共にザックが部屋を出ていくと、ようやく部屋の中が静かになった。陛下とジュオルノに挟まれ、私は急に怖くなる。

「ジュオルノ様、私」

あまりにいろいろなことがありすぎた。人の醜さや優しさ。気が付いてしまった自分の気持ち。心がいっぱいいっぱいで胸が苦しかった。

「アイリス。大丈夫だ。もう終わったんだよ」

優しい言葉に気が抜けて崩れかけた身体は、ジュオルノに優しく抱きとめられた。

「よかった。本当に無事でよかった」

私の無事を確認するように私を撫でる彼の周りには花びらが舞っていた。きれいなそれに目が奪われる。彼の頬に滲む血に胸が痛んだ。私をかばったせいで。そっと額に手をのばせば、わずかに汗ばんでいた。私を助けるために走ってきてくれたのだろう。

「ごめんなさい」

巻き込んでしまってごめんなさい。怪我をさせてごめんなさい。抱えきれない気持ちのせいで瞼が熱くなってきた。

「なにを謝るの？　言っただろう、僕は君を幸せにしたいから行動したまでだ。泣かないでアイリス」

探してくれた、守ってくれた。ジュオルノは私に助けられたと感謝してくれるけど、私のほうこそジュオルノに心も身体もたくさん助けてもらった。少しでも痛みや傷を和らげたくて、祈りを込める。掌に集まった聖なる力が、ジュオルノの頬を癒していく。数秒で彼のきれいな顔から傷が消え、安堵で瞬けば瞳からぽろりと涙が落ちてしまう。

「アイリス」

その涙をジュオルノの指がすくい上げてくれる。どこか真剣な顔で私を見つめる彼の口が、なにかを言おうとした、そのときだった。

窓の外から、小さな光の粒が室内へ飛び込んできた。まるで鳥のように室内をすごい速さでくるくると回り、私の頭上でぴたりと止まる。そして私の目の前にゆっくり降りてくると、するすると細く動いて文字になる。

『みつけた』

「な、なに!?」

『ようやくみつけた　わたしのむすめ　やっとちからを　つかってくれた』

光が嬉しそうに文字を書く。

娘？　私、この光の粒から生まれたの？　やっと力を使った？　今、ジュオルノを癒したこと？

私は混乱と驚きで光から逃げようとするが、なぜかジュオルノと陛下がその光に向かってひざをつく。二人に挟まれる形になり、私は動けなくなってしまった。

『しろきみこ　こんだいのせいじょ　あなたにかごを　あなたをくるしめるものにはほうふくを　まもるものにはしゅくふくを』

長い文を全て読み終わるのと同時に、それはまた小さな光の粒に戻った。

白き巫女？　今代の聖女？　報復？　祝福？

言葉の意味を追いきれぬままに固まる私の前で、光の粒はだんだんと大きくなり人の頭ほどの球体になった。そして一瞬強く光ると、ハラハラと細かな光の粒となり、その大半が私の身体に入り込んでいく。身体がじわりと温かくなった。身体に入らなかった残りの細かい粒は、私の周りをくるくると回った後、現れたときと同じようにすごい速さで飛び去っていってしまった。なにが起こったのか本当にわからない。

ジュオルノと国王陛下はまだひざをついたままだ。そこでようやく私は気が付いた。二人が跪《ひざまず》いているのは、光にではない。私だ。でも、なぜ？

「やはり君が聖女だ、アイリス」

ジュオルノが嬉しそうに微笑み、私の手を取る。まるで物語の騎士と姫のような状態。きれいな青いオーラに白銀の煌《きら》めき。そして姿が見えなくなるほどの花びらが彼を包む。

「聖女？」

信じられない気持ちでいっぱいだった。戸惑う私は助けを求めるように国王陛下のほうへ視線を向けるが、同じくひざをついたままの国王陛下がうやうやしい口調で告げた。

「これで聖女選定の儀式は成った。今代の聖女よ。どうかこの国に末永い豊穣《ほうじょう》を」

この国で一番偉いはずの国王陛下が私に頭を垂れた。

「うそ」

あまりのことに私は、またもジュオルノの前で気を失ってしまったのであった。

◇

「アイリーンさまアイリーンさま……ア、アイリス、アイリス、アアアアア」

壊れた玩具のように、繰り返し女たちの名前を呼び続ける男爵は、兵たちの手により牢に投げ入れられた。奇《く》しくも、その隣に囚われているのは神官長だ。しかしお互いにお互いの存在は見えてはない。必死に欲している女性の名前を呼び続けるだけだ。だが、彼らの呼びかけに彼女たちが応える日は二度と来ないだろう。

既に光を失った神官長は隣にいる男爵に気が付くこともなく、壁に向かって祈りを捧げ続けていた。まるで祈ることで許されるとでも思い込んでいる様子だ。

「女神様。私は教会のために人生を捧げました。全ては女神様のため。先人たちがしてきたように、私も教会を守るために働いてきました。聖女に選ばれるべき正しい女神様の血統を守り続けてきたのです……どうか、どうかお許しください女神様……」

希望に満ち溢れ信仰を極めようとして神官になった青年は、いつしか腐敗した教会に染まり、歪んだ信仰心を持つようになってしまった。金と利権の魅力に取りつかれ、先人たち同様、頂点に上り詰めた。国の介入を最低限にし、教会という閉じた国の王として君臨した。そうすれば女神にもっとも近くなれると信じて。しかしそれらは全て水の泡となった。

神官長がもっとも忌み嫌っていた、血筋の知れぬ不気味な白い髪の娘。もし、アレが聖女であったならば。報復。女神はそう告げた。彼はもう正気でいることが恐ろしく、自分から正気を手放したのだ。しかし、女神はそれを許さない。小さな光の粒が牢の中に飛び込んでくる。そして虚空となっていた神官長の瞳があった場所へと入り込んだ。

「ぎゃぁぁぁぁぁぁぁっ!!」

焼けつくような痛みと衝撃を味わい、神官長は泡を噴きながら床でのたうちまわった。監視の兵士たちがなにごとかと駆け寄ってくる。

神官長は光に侵入された目元を押さえながら言葉にならない叫びを上げていたが、ぱたりと、壊れた人形のように床に四肢を広げ、動きを止めた。

「おい、大丈夫か！」

牢の中に入った兵士が神官長の身体を揺さぶる。

「息はあるぞ！　おい、起きろ！　起きるんだ…………ヒッイイイイッ!!」

神官長の顔をのぞき込んだ兵士が悲鳴を上げ、その身体から飛びのいた。

「なにがあった？　……!!」

仲間の兵士がその様子に同じく神官長の顔をのぞき込み言葉を失う。神官長の瞳があった場所には赤い宝石のような球体がすっぽりと収まっていた。しかも瞼というものがない。まるで作りかけの人形のような、つるりとした無機質なその球体が瞳の代わりにはまっている。

「なに、が」

意識を取り戻したらしい神官長がうめく。

「なんだ、なんだ、なんだこれは、うああぁっうあああああああああ！」

のろのろと起き上がった神官長が目を覆って騒ぎ出す。兵士たちはそれを押さえ込もうと神官長に摑みかかるが、神官長は余計に怯え叫び出した。

「ばけものっ!!　ばけものがっ!!」

神官長の瞳に成り代わった赤いそれは、見るものすべてをおぞましい異形に変換し彼に見せていた。心からの恐怖で暴れるが、正気と思われていない彼の言動は兵士たちによって暴力的に封殺される。両手両足を縛られ、牢屋の床に固定されてしまった。

「クソッ、いい加減にしろ!!　暴れやがって」

「一応医者を呼んでおくか？」

「来るなぁ！　来るなぁぁぁぁぁぁぁ!!」

瞼を失い、目を閉じることができぬことに加え、手を縛られ仰向けになった神官長の視界は無防備だ。早く意識を手放してしまいたいのに、なぜか先ほどまでとは違い、理性と記憶がはっきりしている。

「女神様!!　女神様!!」

これが女神に与えられた報復だと気が付いた神官長は、あらん限りの声で叫ぶ。神というのはどこまでも残酷なのだ。人とは理《ことわり》が違う。この先、彼の瞳が正しい世界を見ることはない。

「うわぁああああっ！」

憐れな叫びは、それをうるさく思った兵士たちにより布で塞がれる。涙を流すことすらできなくなった神官長の赤い瞳だけが奇妙に美しく輝き続けていた。

そして時を同じくして、隣の牢屋にいた男爵にも異変が表れていた。光の粒は彼の身体に背中からするりと入り込む。すると、でっぷりとした巨体であった男爵の身体が見る間に痩せ細っていく。悪趣味な衣装にはあっという間にぶかぶかと隙間ができ、指にはまっていた指輪や腕輪は抜け落ち床に転がる。アイリーンを崇拝し、アイリスに歪んだ欲を向けた愚かな彼はその異変にまだ気が付いてはいない。

「あい、りーん、さま、あいり、す、あ、ああああ」

欲で蓄《たくわ》えた肉の全てがそぎ落とされ、干からびた口がつむぐ言葉はかすれ、呼吸音に掻き消えていく。服の重さにも耐え切れなくなった身体は、床に這いつくばるように無様に落ちていく。

「…………ぁ…………」

骸骨に皮だけが残された、人とも呼べぬ異形になり下がる。それが聖女によこしまな感情を抱き、危険な目に遭わせた男爵に与えられた報復なのだろう。虚ろな瞳で虚空を見つめる彼は自分の身体がどうなっているかなどもはやどうでもいい様子だ。声すら出せないというのに、ひゅうひゅうと喉を鳴らし、恐らくはまだ彼女たちを呼んでいる。すでに香の麻薬効果により、脳髄を溶かした彼は痛みすら感じていないのかもしれない。

　この先、男爵は生きているのが不思議なこの姿のまま、その寿命が尽きるまでは生かされ続けることになる。骨と皮だけになり、踏みつけられた羽虫のように蠢く彼に気が付いた兵士こそが不憫であったろう。

◇

「アイリス」

　私を呼ぶジュオルノの声はどこまでも甘い。触れ合うぎりぎりの距離で隣り合って座ってはいるものの、私は彼の顔を見るのすら恥ずかしくて、視線をうろうろさせっぱなしだ。

　意識を失ってしまった私は、ジュオルノに抱きかかえられて運ばれたらしい。目が覚めると、ジュオルノのお屋敷よりもっと豪華なお部屋のベッドに寝かされていた。

　誘拐から監禁、そして最後の大立ち回りで私の身体も心も限界だったんだろう。目が覚めてすぐに用意してもらったスープはとてもおいしかった。生き返った気分になったが、結局私は食事の後またすぐに眠ってしまい、ふたたび目が覚めたときにはもう次の日の朝が来ていた。

どれだけ寝てたんだ、私よ。

あの悪趣味なドレスは既に処分された後で、今の私はお城のメイドさんたちが用意してくれていた仕立てのいいきれいな青いドレスを着せてもらっている。

「アイリス、もう身体は大丈夫かい？」

私の身体を案じる声はどこまでも優しく、まるで蜜が蕩けたみたいに甘い。聞いているこちらが恥ずかしくなるような呼び方に、そわそわと視線を泳がせるのに、ジュオルノは私の戸惑いなどお構いなしに近寄ってくる。

大切な話があると私の部屋を訪れたジュオルノは、部屋に備え付けられた豪華なソファに怖々座っている私を見て、まるで花がほころぶように微笑んだ。まだ触れていないのに、背後に花びらが飛んでいるのが見えた気がして、顔が熱くなった。

出会ったころから美形だなぁと思っていたが、自分の感情を自覚してからは彼の顔が眩《まぶ》しくてまっすぐ顔を見ることができない。煌めく金の髪と青空みたいな青い瞳。整った顔立ちは物語に出てくる王子様か騎士様だ。いや、実際に騎士様だし、実は王様の姉姫を祖母に持つ、王位継承権だってある方だから、王子様という表現も当たらずも遠からずで。

今更ながらにすごい人に出会ってしまったし、好かれてしまったと困り果てている。そして、彼を好きになった自分自身にも。むしろ触れてオーラが見えている間のほうが、花びらのおかげで顔がはっきりしないから落ち着くけど、そもそもジュオルノに触れる勇気すらない。それなのにジュオルノは、私の横に腰掛け距離を詰めてくる。

「もう大丈夫かい、アイリス」

「ええ。すごくよくしてもらって。今は元気です！」

「心配したんだよ。ああよかった、顔色もいい。昨日突然倒れたときは生きた心地がしなかったよ」

「いろいろとありがとうございました。その、たくさん助けてもらって」

「当然だ。僕のせいで君を危険な目に遭わせたも同然なんだから」

「けっしてジュオルノ様のせいではありません！　あれは、私が教会から逃げたからで」

堂々巡りのようなやり取りをはじめかけたとき、扉がノックされ、今度は国王陛下がやってきた。私は慌てて頭を下げるが、陛下は「そんなことをする必要はない」と穏やかに笑った。

「聖女様、貴女はこの国で最も尊い方だ。私に跪く必要はないのだ」

「その、私が聖女って、なにかの間違いじゃ……」

そう、問題はそこなのだ。目が覚めて以降、周囲は私を「聖女様」と呼ぶ。

ジュオルノのお屋敷で大事にしてもらったときとは違い、皆が私に頭を下げて、まるでお姫様みたいな扱いだ。不相応だと必死にやめるように頼んでも、周囲の態度が変わることはない。

「間違いなどではない。貴女は間違いなく聖女様。あの光は女神様の力なのです」

陛下はそう言う、と私の対面にあるソファに腰を下ろした。金の髪と蒼い瞳は確かにジュオルノの雰囲気によく似ており、血の近さを感じる。そのせいか、絵姿で知っている「王様」というよりも「ジュオルノのおじ様」という雰囲気がしっくりきてしまい、私は不敬にも親しみを感じてしまう。おかげで少しだけ緊張が解けた気がした。

「まずなにから話すべきか……」

陛下が顎を撫でながらしばらく考え込む。

「貴女は自分が聖女候補に選ばれたときのことを覚えているかな」

「はい……十歳になる緑の瞳をした娘が聖女候補だと国中に知らされて、私は孤児院の院長に連れられて教会に行きました」

「そう、六年前、女神像は神託を下された。緑の瞳をした娘を聖女に選ぶと。その娘は今十歳になったばかりだと。あまりに曖昧《あいまい》なため、私は慌てて国中に知らせを走らせたよ」

そう。始まりはあの日だ。私が十歳になってしばらくして「十歳になる緑の瞳をした娘は聖女候補の可能性があるので、教会で巫女の素養があるか鑑定を受けるように」との知らせが国中を駆け巡った。

私は院長に連れられ孤児院にいた緑の瞳をした女の子たちと一緒に教会に行ったのだ。院長は明らかに年上や年下の子も連れてきて「孤児だから正式な歳がわからない。一応鑑定させろ」とごねていた。そのくせ、私の存在は忘れてさっさと帰ってしまっていたし。厄介払いも兼ねていたのかもしれない。

「貴女は孤児院で育ったのだったな」

「そうなんです。だから、私が聖女っていうのはなにかの間違いじゃないかと思っていて」

「なぜそう思う？」

私はジュオルノの屋敷で聖女に関する本を読で、聖女に選ばれるのは初代の聖女と血縁関係にある者ばかりだと気が付いたことを説明し、自分にはそんな高貴な血が流れているとは思えないと伝えた。陛下は少しだけ驚いたような顔をする。

「聖女の血統に関しては、その可能性は高いといえよう」

「だったら、やっぱり私が聖女なのは……」

「言ったであろう、可能性が高いだけだと。神官長など教会の上層部はその説を強く信じていたがな」

陛下は苦しそうに顔をしかめ、首を横に振った。

「確かに記録上は全ての聖女は貴族の娘が選ばれている。しかし平民から選ばれたことがない、という証拠もないのだ」

「それは、どういう……？」

陛下が手を上げると、背後に控えていた従者らしき老人が古く大きな本を持ってきて、私たちの前に広げた。それは私がジュオルノの家で見た本よりずっと古い。

「聖女様の血統は古く、そして多岐にわたる。言ってしまえば、この国の貴族であるほとんどの者に薄く聖女様の血が流れていると言っても過言ではないだろう」

初代の聖女様はそのときの王様と結ばれ王妃様となった。

彼女はたくさんの子供を産み、次代の王だけではなく、国を支える貴族たちにその血脈は受け継がれていった。初代の聖女様が亡くなり、国中が悲しみに包まれ、大地が枯れはじめたころ、初代の聖女様を妃に迎えた王が女神様への感謝をこめて作った女神像が神託を下したのだ。

次の聖女が誕生する、と。

女神像が選んだ次代の聖女は、初代の孫娘だった。女神像の前に立った孫娘を女神像が指さし、加護の力を与えた。それが選定の儀の成り立ち。その後の候補は様々な形で告げられる。たったひとりが指名されることもあれば、私のときと同じように、ほんの小さな特徴だけで告げられることもあった。そして候補となった娘は、幼いうちは教会にて俗世と切り離された生活をし聖なる力を高め、身体が成熟したころに女神像と対面し、加護を受け取る。

「教会側は女神や聖女を神聖視するあまり、初代聖女の血の濃さや血統こそが重要だという持論に囚われている。過去にはそれに毒され、近親婚を繰り返す者たちが増え子供が生まれにくくなった時代さえあってな。以来、我が国で近親婚は禁忌《きんき》となった」

近親婚。親子や兄弟での結婚だ。昔は許されていたそうだが、確かに今では禁止されている。

「我が王家は、聖女の血の濃さや貴族であることは重要ではないとずっと言って教会と対立してきた。私も歴代の王たちも教会のやり方にはずっと疑問を持っていたのだよ。彼らは教会の利益になるような聖女を望み続けている」

語る陛下の表情は暗い。

教会の利益。それは王家とも対等でいられるだけの権力と、莫大《ばくだい》な寄付金や祈祷料のことだろう。尊い血統を持った美しい聖女。それが教会の求める聖女の条件。たとえばローザのような伯爵家に生まれた美しい娘ならば、聖女として祭り上げるには最適だ。こんな白髪の娘が聖女だなんて、威厳もなにもないものね。

「情けない話だが、こうした記録には改ざんも多いものだ。実際には平民の出であっても、聖女に選ばれた後に貴族の養女となった者もいたというが、公式の記録には残っていない。これまで教会は神託を受けたのち、すぐに候補となった娘を教会に囲い込み、選定後に発表するのが習わしだった。全ては教会内で秘密裏に行われる」

今回のように、ここまで多数の候補がいる状況というのはとても珍しいのだという。陛下はそれを利用して、文官に候補たちを定期的に見守らせ素性を偽る間を与えないようにした。そして、儀式に王族だけではなく多数の貴族を招かせた。本当に正しく聖女が選ばれているのかを見極めるために。

「女神様の加護は平等だ。聖なる力を宿し巫女となる者は貴族ばかりではない。もし本当に聖女の血統が女神様に選ばれる要因のひとつであったとしても、濃さなどは関係ないはずだと王家はずっと主張してきた。それに、長い歴史の中では貴族の位を捨て、穏やかな暮らしを選んだ者も少なくはない。我らが知らぬ聖女の血を引き継ぐ者が外にいたとてなんら不思議ではないのだ。貴女の両親どちらか、あるいは両方がそうでないとは誰も断言できないだろう？」

そこまで言われると反論の余地はない。私は呆然と陛下の言葉を聞いていた。いきなり聖女だ、貴族の血だ、と言われてもピンと来ていないせいもある。聖女としての勤めは年に一度の豊穣の儀式くらいで、国から出さえしなければ自由が約束されているそうだ。だが、身を守るための護衛や監視は最低限必要だとも言われ、息苦しくもなる。

「不安な気持ちはわかる。正式な儀式の場で選ばれたわけではないので不安であろう」

「……！　そうだ！　儀式！　儀式はどうなったんです？」

すっかり忘れていた。女神選定の儀式がいったいどうなったのか、少しだけ気になる。選ばれたのが本当に私ならば、私不在で行われた儀式はいったいどうなったのだろうか。私の問いかけに、陛下とジュオルノの表情が曇る。

「それについては僕が話そう」

ジュオルノが語る聖女選定の儀式やその後に起こった惨劇に、私は言葉を失った。

動き出した女神像、腕を失ったローザ。神官長の瞳に起きた異変と男爵の変貌。あまりのことに、それが本当にこれまでずっと日々祈りを捧げてきた豊穣の女神の御業《みわざ》だと理解ができない。他の聖女候補たちや教会の人たちはどうなったの。

「そんな、私……」

女神の加護、というものが今更ながらに恐ろしくなる。決して私が望んだわけではない。でも復讐したい気持ちがなかったといえば嘘だ。確かに彼らを恨み、見返してやりたいという気持ちはあった。あの理不尽な扱いは生涯忘れることはないだろう。

だが、ここまでのことを求めていたのかと言われれば、正直わからない。かかわるくらいなら、どこか遠くに行ければいいと思っていた。

身体を震わせる私の肩にジュオルノの温かい手が添えられる。

「アイリス、怖がらないで。大丈夫だから」

「ジュオルノ、私、私……」

陛下も私の戸惑いを感じたのだろう。報復を与えられた人々には、女神が与えた以上の罰を与えることはないと言ってくれた。ただそれは、たとえこれ以上彼らになんらかの処罰を下しても、それを受け取るだけの余裕が彼らにはないからであると陛下が静かに告げた。特に神官長と男爵は女神様が許す寿命をまっとうするまで遠くに幽閉すると。

それから、教会が聖女候補であった私をないがしろにしていたという事実は裁かなければならないとも口にする。不当な祈祷料を請求し、ザックのように借金を抱えた者がいることも明らかとなった。神官長だけが腐っていたわけではないのだ。神官長もまた、長く腐敗していた教会の被害者だったのかもしれない。

「これを機に、教会の在《あ》り方は一新する。なにもかもやり直しだ。女神様に恥じぬよう、我らは生きなければならぬ」

決意を込めた顔で陛下は頷く。その意思と心遣いに少しだけ気持ちが軽くなった。

「そこで聖女様。貴女には新たな教会の指導者となってもらいたいのだ」

「わ、私がですか!?」

あまりに突然の提案に、これまでのことだってまだ理解できていないのに、そんなの無理だと首を横に振る。

「神官長不在の教会は、混乱を極めておる。新たな聖女の誕生を国民に知らしめるためにも、どうか」

「無理、無理です！　私はしがない一介の巫女でした。聖女に選ばれたといっても、そんな大役は務まりません！」

聖女に選ばれたことにだって、まだ納得はしていない。逃げ出した私が、どんな顔をして教会に戻ればいいのだろうか。儀式が大変なことになったのは私が逃げ出したせいでもある。あの場に戻る勇気はない。

「陛下、僕も反対です。まだ教会は混乱の中にあります。なにも知らず、身を守るすべがない彼女を戻すわけにはいかない」

ジュオルノが私の肩を抱き、引き寄せる。温かな腕の感触に顔が熱くなる。

「ジュオルノ、そなた……」

「アイリスは僕が守ります。今の彼女を他の誰にも渡すわけにはいきません」

ジュオルノの青いオーラが濃くなっていく。責任と決意の色だ。同時に、花びらがすごいので、ほんと勘弁して。

「こちらとしては教会に戻ってもらいたいが、ジュオルノの言うことにも一理ある……聖女様、貴女はどうされたい？　我々は貴女の意思を尊重したい」

どうしたいと言われれば、聖女なんて肩書きは捨てて平凡に生きたい。でもそれが不可能なことだとわかっている。

そっとジュオルノを見上げれば、花びらのせいではっきりとは見えないものの、私を優しく見つめてくれているのが伝わってくる。

あの息苦しかった教会に戻るのは正直嫌だ。聖女に選ばれたことで扱いが変わったとしても、これまでの日々が消えるわけでもない。逃げ出した負い目もある。

許されるのならば、ジュオルノのお屋敷で暮らしたい。エルダさんにも会いたいし、心配してくれているみんなに会ってちゃんと感謝を伝え、心配させたことを謝りたい。短い日々だったけど、私が一番幸せだと思えた場所にもう一度戻りたかった。

「私、ジュオルノのそばにいたいです。教会に戻るのは、やっぱり、ちょっと怖いです」

陛下の顔を見つめてしっかりと伝えれば、私の肩を抱いていたジュオルノの掌がびくりと震えて、花びらがそれはそれは激しく舞った。恥ずかしいやら嬉しいやら。

陛下は少しだけ悲しそうな顔をしたが、私になにかを強要するつもりはないのだろう。「わかった」と私の意思を尊重してくれた。

「ジュオルノ。聖女様を必ずお守りするのだぞ」

「ええ、この命に代えても」

代えないでー！　と突っ込みたかったが、真剣な表情で頷き合う二人に口を挟む勇気はなかった。

こうして、私は教会には戻らず、ジュオルノのそばで聖女としての日々を始めることになったのだった。

# 幕間① ある神官の末路

「神官長に会わせろ！」

神官は狭い独房の中で声の限り叫んでいた。

「全ては神官長の指示だ！　私はなにも悪くない！　その証拠に女神様は我らになにもしていないではないか！」

女神様の怒りに触れた聖女候補の巫女はその腕を砂にされた。その後は、誰にもなにも起こっていない。つまり、あの白き巫女への仕打ちはすべて修行の一環として女神様に黙認されたということだ。教会での日々は全て聖なる力を高めるための修行だと言われている。女神様は、その者が克服できるだけの試練を与える。

あれはあの娘が克服すべき試練だったのだ。教会の長たる神官長がよしとしたのだ。位を持たない神官である自分にいったいなにができたというのだ。

選定の儀式での惨劇の後、神官長と共に囚われた彼は、独房に押し込められていた。同じく何名かの神官も囚われていたが、独房暮らしに心が折れた仲間たちは声を上げることすら減っていた。

こんなところで終わってなるものかと、彼は歯を食いしばる。

彼には野心があった。次の神官長になるという野望が。

貴族の家に生まれたが、既に跡取りとなる兄がいた彼には僅かばかりの財産しか与えられないことを早くから理解していた。見た目がよければ、財産のある娘を見つけ婿入りという方法もあったが、彼は自分の容貌が平凡以下であることをよく知っていた。

そんな彼は自らが聖なる力を宿していることを知り、神官になる道を拓かせる。女神への信仰は確かにあったが、彼はそれ以上に教会という「国」での出世を望んだ。教会では全ての者たちが平等であると謳われていたが、事実はまったくの逆。貴族はどこであっても支配階級であり、平民は労働階級。彼はすぐさま神官長へ取り入り、金払いのいい客の相手ばかりを進んでした。

特別な祈祷をする、特別な祈祷札をつける、と耳打ちし、正規の祈祷料に上乗せした金を懐《ふところ》に納め、神官長や位の高い神官への賄賂《わいろ》としていた。誰もがやっていることだ。自分だけではないと罪悪感のかけらもなかった。

運がいいことに、彼は聖女候補を指導し管理する役目に就くことができた。聖女に選ばれるのは聖女の血を色濃く引く貴族の娘だと聞かされ、彼はそれを信じていた。

女神の加護は血に宿る。それも尊き血に。

平民の娘が聖女候補に選ばれた前例がないわけではないが、聖女の全ては貴族だと教会の記録にある以上、女神の血を引き、伯爵家の娘である美しいローザが聖女になると誰もが思っていた。それは彼も同様で、いつだってローザの機嫌を取ることを優先させた。

ローザが望めば持ち込みが禁止されている化粧品や装飾品の類の差し入れも見逃したし、修行の一環としてやるべき仕事を孤児出身である巫女に押しつけていることも黙認していた。修行などしなくとも、ローザはいつだって美しく清廉で気品にあふれていたからだ。未来の聖女に気に入られれば、教会での出世だけではなく貴族との濃いつながりが確約される。

孤児でありながら聖女候補に選ばれた、不気味な白い髪をした娘の存在は多少目障りであったが、便利でもあった。出自は卑しいが祈祷の力だけはどの巫女よりも強く、彼女の祈祷の効果には目を瞠《みは》るものがあった。白き巫女に祈祷させたければ金を出せと言えば、大概のものが彼に金を渡すほどだった。祈祷札や祈りを込めた刺繍を作る仕事を大量に与え、それを売りさばくことで彼の懐は潤った。

白き巫女を利用しているのは自分だけではないと、彼は自分の行いは当然だとさえ思っていた。娘の強い力は誰の目にも明らかだったが、所詮《しょせん》彼女は孤児。聖女には選ばれない。他の平民出身の巫女同様に、労働階級として生涯を終えるのが当然だと、彼や周囲は信じきっていたのだ。

ゆえに、男爵が多額の寄付金と引き替えに彼女を妾として身請けしたいと言い出したときは、あの子にとっては幸運だろうと思ったくらいだ。いい噂のない男爵ではあったが、金はある。

欲深い神官長は聖女候補全てに平等に配られるべき報奨金を白き巫女に渡す気などなかったからだ。巫女の禁を破ったと廃棄されるか、教会で下働きを続け力が枯渇《こかつ》してから追放されるか、そのどちらかしか行く先にはない。

なんの問題もない。ずっとそう考えていた。

しかし運命の歯車はおかしな方向へ回りだす。

自らの境遇を許せなくなったのか、はたまた男爵のことを知ったのか、白き巫女は突然姿を消した。日々、荒れていく教会の内部。美しく清廉だと思っていた聖女候補たちの堕落ぶり。憔悴《しょうすい》する神官長。おかしい、なにかがおかしい。

それも聖女選定の儀式までだと信じていた。白き巫女の身代わりには、以前からよく見かけていた緑の瞳をした娘を見繕った。金を払えばなんでもする類の娘だ。身代わり以外にも神官長の金でずいぶん楽しませてもらった。

そして迎えた選定の儀式の日。女神の腕がローザの上で止まった瞬間、彼はこれまでの日々が報われることを確信し、歓喜した。

「きゃあっぁぁぁぁ!!　私の、手が、手がぁぁぁぁぁ!!」

ローザの悲鳴が女神の間に響き渡る。その他の巫女たちも逃げ惑い、若い神官の中には腰を抜かしている者もいる。

女神はローザを選ばなかった。あろうことか白き巫女こそが聖女だと告げた。

信じられない。そんなバカな。そんなことがあっていいはずがない。神官長がなにかをわめいているが、まったく耳に入らない。兵士が自分を拘束しようとしていると気づいてようやく慌てて逃げようとするが、荒事を知らぬ教会育ちの男の抵抗などすぐに封じられてしまう。

身代わりの娘はあろうことか男を指さし、身代わり以外にも神官でありながら自分に不埒《ふらち》な行為をしたと告発までした。自分に罪をなすりつけようとするその醜い行為を、彼はあらん限りの言葉で罵《ののし》ったが、それを聞いていた兵士にしたたかに殴られ意識を失うことになる。

そして、彼は独房の住人となった。

「神官長だ！　全ては神官長が悪いのだ!!」

自分は指示に従い、彼の教えを守っただけだ。なにも悪くない。アレが聖女だと知っていれば、もっと優しくしていた。今からでも気に入られるために身を尽くせば、世間知らずの小娘など意のままになるだろう。しかも聖女は子を産んでも力を失うことはない。むしろ聖女の血は豊穣と発展を与える。あの娘が自分の子供を産めば、なにもかもがうまくいく。

自らの悍《おぞ》ましい考えに酔いしれつつも、彼は視界に先ほどから小さな羽虫が飛んでいることに気が付いた。煩わしい、とその虫を払おうとするが、暗闇で淡く光る羽虫はその手を器用にすり抜けていく。

「なんだ、この虫がっ！　うわっくそ、口にっ…………」

虫が口に入り込んだ感触がして吐き出そうとするが、それよりも先に、ざら、と彼の口の中に砂が溢れた。否、砂が溢れたのではない。彼の舌が砂と化したのだ。

「…………………………!!」

舌を失った神官は、それをこぼさぬように必死に口を両手で押さえるが間に合わない。砂になったのは舌ばかりではない。その歯すら土台をなくし、大量の砂と共にぼろぼろと指の間からこぼれ落ちていく。歯であったはずのそれはまるで彼の身体を流れる血のように赤い石になり果てていた。自分が、人ではなくなっていく恐怖。

「……!!　…………!!」

自らの一部だったそれらを掻き集め、男は喉で叫ぶが、それは決して音になることはない。痛みはない。喪失したという明確な衝撃だけが彼を襲う。これが女神様の報復だというのか？なぜだ、なぜだ。私はなにも悪くない。全ては神官長の指示だったのだ。私は教会の意向に従っただけなのだ。私だけではない、他の者たちだって……。

同じく独房にいた神官たちが妙に静かであったことに思い至る。諦めたか叫ぶことに疲れたかと思っていたが、もし彼らも自分と同じ報復を受けていたとしたら。

ゾッと身体が凍るような恐怖に襲われる。しかし彼は二度と言い訳を口にすることはできない。女神や聖女に懺悔《ざんげ》することも。

なぜならば彼は永遠に声を失ってしまったのだから。

# 幕間②　聖女候補たちへの報復

聖女候補であった巫女たちは怯えていた。ローザの変わり果てた姿を思い出し、自分もああなるのではないかと怯えたのだ。

「いやだ、いやだ、砂になんかなりたくない」

嘆く彼女は大きな商家の娘だった。美しいブルネットの髪が自慢の少女だ。彼女の母親は貴族出身で、平民であっても貴族同様に育てられ、いずれは貴族に嫁ぐとずっと信じていた。

巫女の素養があり聖女の候補だと判明したときは、世界が変わると喜んだが、聖女に選ばれるのは高貴な血を持つローザで間違いないという神官たちの態度に、すぐにそんな淡い期待は捨て去った。無事に勤めを終え、聖女候補だったという肩書きさえあれば、きっとよい相手と結婚できる。聖女になるローザに気に入られてさえいれば、いい生活だってできると付き従った。貴族育ちの巫女たちの傲慢《ごうまん》さに腹が立つこともあったが、この先の人生を思えば耐えられた。それしか考えていなかったのに。

惨劇とも呼ぶべき儀式の後、巫女たちは軟禁状態であった。神官長をはじめとする何人かの神官は不当な行いをしていたと投獄されたが、巫女たちは自分たちが暮らしていた部屋に閉じこもるよう指示されたままだ。差し入れられる食事は粗末だったが、生きるためには腹を満たさなくてはならない。夜になれば巫女たちのすすり泣く声が響く。耳をふさぎ目を閉じ眠ろうとしても泣き声がうるさくて眠れない。

「やめてよ！　やめてよ‼」

悪意がなかったと言えば嘘だ。傲慢なローザが孤児と同列であることを厭《いと》うたことで、全ての雑用をあのみすぼらしい娘に押しつけていたのも事実。いつも澄ました顔で、どんなに働かせても顔色ひとつ変えないあの娘が妙に気に障った。自分は必死でローザに媚びへつらっているのに、一人だけ飄々《ひょうひょう》と過ごしている姿に嫉妬《しっと》し、迫害に等しい行為に加担した。

でもそれは自分だけではなかったし、直接あの子になにかした記憶などほとんどない。ただ他の巫女たちと群れ、あの子を疎外した。それだけだ。

「うう、ごめんなさい、ごめんなさい」

言い訳を並べたところで、あの子が聖女であるならば、仕返しされるかもしれない。罪に問われるかもしれない。怯えながら泣きじゃくることしかできない。なにに謝るべきかわからなかった。でもそう言葉にすることしかできない。

その晩、不思議な夢を見た。光る小鳥が自分の周りをぐるぐると回っている夢だ。小鳥は娘の頭に止まると、その髪をひと房ついばみ、そのままどこかに飛んで行ってしまう。

翌朝、教会の中がひどく騒がしくて彼女は目を覚ました。誰かが叫ぶ声、なにかが壊れる音、たくさんの足音。慌てて飛び起きた彼女は、視界に入ったそれに気が付き悲鳴を上げた。

「きゃぁぁぁぁぁぁぁぁぁぁぁ！」

あんなに美しかった髪が、色をなくしている。不気味だと思っていたあの巫女の髪よりもなおみすぼらしい灰色に変わり果てた髪。廊下から同じような悲鳴が聞こえている。

『くるしめるものにはほうふくを』

女神が書いた文字を思い出す。これが報復？　これだけで終わるの？

娘たちはこの先があるのではないかという恐怖に、ただ泣き叫び続けた。髪の色と共に聖女候補たちの聖なる力は消え、巫女ですらなくなった。


それからしばらくして、彼女たちはあっけないほどあっさりと生家へ戻ることが許された。

教会ではかなりの数の神官が罪に問われ、残ったのは古くから勤める敬虔《けいけん》な信徒や若い巫女たちだけになり、これまで法外な金でしか祈祷を受けられなかったのが嘘のように教会は静かな場所に変わったとの噂を聞いたが、彼女にはどうでもよいことだった。

灰色の髪をし、死人のような顔で戻ってきた娘を両親も最初は労《いたわ》っていたが、人が変わったように卑屈になり、いつもなにかに怯え続ける彼女にだんだんと辟易しだす。

髪は染めればいい、結婚でもすればすぐにもとに戻れると両親は努力をするが、どんな高級な染色粉を使っても灰色の髪は染まらない。どんな香油を使っても艶が戻ることはなく、どんな手を尽くしても変わることがなかった。

ある日、同じく聖女候補であった娘から一通の手紙が届いた。震える手で開封したそこには短い文章がつづられていた。その内容のあまりの恐ろしさに、彼女は手紙を取り落とす。

解放された聖女候補だったうちの一人が死んだ。ローザに次いで、白き巫女をののしり迫害していた貴族の娘。影ではローザ以上に苛烈で威張り散らしていた嫌な娘という記憶しかない。

神官に媚を売るためか、稀《まれ》に祈祷の仕事をしても、相手がみすぼらしい平民であれば「祈祷なんてしても無駄だ」と平然と仕事を放棄していた。

その娘は髪ばかりではなく身体も老いていくと感じ、ついには衰える自らの姿に耐えられず自死した、と。

ぞっとした。彼女は膝をつき、天に向かって許しを乞うた。

「女神様、どうか、どうかお許しください!!」

叫んで、ふと手元を見れば妙にくすんでいるような気がした。鏡を見れば、肌も艶がない気がしてくる。私はこんな顔だったろうか。ずいぶんと老け込んだ気がする。ぼろぼろと涙が流れた。涙が乾いた肌に沁み込んでいく気がした。私も知らぬ間に時を早められ朽《く》ちていくのだろうか。

「ああ、あああああっ、いや、いやよ……！」

乾いた叫びが響き渡る。発狂したように泣き出した娘を両親は必死でなだめる。彼女は決して老いてなどいなかった。命を自ら絶った娘も。ただ、心に巣食う恐怖や罪悪感で心を潰しただけだ。良心に恥じることがなければ、彼女たちが失ったのは髪色と聖なる力だけだったはずなのに。

# 幕間③　ザック

ザックは小さな商家にようやく生まれた一人息子だ。

甘やかされ多少傲慢で奔放《ほんぽう》に育った彼であったが、優しい両親との暮らしは平凡だが穏やかだった。年老いた両親は彼が早く結婚することを願っていたが、彼が適齢期を迎えたころに母親が大病を患ってしまう。多少裕福だったはずの暮らしは途端に翳《かげ》りを見せた。母親の病気の治療にかかる金が生活を圧迫しはじめると、ザックと結婚間近だった女は彼を見捨て、友人たちも距離を置くようになった。それでも母親を見捨てることはできないと、ザックはひたすらに働いた。しかし金は稼いだ先から消えていってしまうのに、母親の症状が改善する様子はない。

医者は「もうできることはない」とさじを投げ、回復薬や、高い金を払って呼びつけた魔術師の治癒魔法でもだめだった。動くこともしゃべることもできなくなった母を憐れみ、すがる思いで教会の巫女への祈祷を頼んだ。掻き集めた金で奇跡的に聖女候補だという若い巫女の祈祷を受けることができた。美しいが高慢そうな巫女が現れ、緩慢な動作で祈りを捧げてくれる。しかしその巫女の祈祷はまったく効果が表れない。しまいには「私には無理よ!」と癇癪を起こしてどこかへ行ってしまった。あんなに大金を積んだのに。

労りの言葉ひとつかけてくれない巫女に腹が立った。悔しかった。女神様はなぜあんな娘を巫女にしたのだと憤《いきどお》りを滾《たぎ》らせ、祈祷室を追い出されたザックと母親は途方に暮れる。

教会から出て行く気力もないザックたちに、神官が近寄り「大病を患った者を癒すためにはもっと高位の祈祷が必要で、さらに金が必要である」と囁いてきた。しかしもう金はない。すがりたかったが、ない袖は振れない。でも母親を助けたいと、どうにかしてほしいと神官にすがるザックのそばを偶然に通りかかったのがドル男爵であった。

「母親を救いたいとは親孝行な息子ではないか。どれ、私がいくらか貸してやろう」

母親を助けられない絶望で判断力を失っていたザックは男爵の言葉に一も二もなくすがるように頷き、よく確認もせず借金の証書にサインをしていた。

男爵から受け取った金をそのまま神官に手渡せば、神官はうっすらと笑みを浮かべ、ザックとその母親を祈祷の間へと案内してくれた。命の灯が消えかかっている母親を必死に支え、ザックは巫女を待った。

「お待たせしました」

次に現れた巫女もまた少女であった。真っ白な髪に美しい緑の瞳。神秘的なその姿に彼は言葉を失う。巫女は祈祷依頼の書付を目でたどると、床に膝をつき母親の手を優しく握った。

「辛いでしょう。こんなに身体中が痛いと訴えている」

慈愛に満ちた言葉だ。巫女が目を閉じ祈りを捧げているのがわかる。痛みで自由に身体を動かせず、苦悶《くもん》の表情を浮かべていた母親の表情がどんどん柔らかくなっていく。青白かった顔に赤みが戻り、虚ろな瞳に光が差す。

「あたたかい……」

「母さん、母さん！」

喋れなかったはずの母親が口を開いた。喜びでザックは声を上げる。しかし幼い巫女は少しだけ戸惑った様子だ。

「ごめんなさい。私にできたのは痛みを和らげることだけです。お母様の命は尽きかけている。それは助けてあげられなかった」

まさか謝られるとは思っておらず、ザックは言葉を失う。確かに母の顔は穏やかだが、細く弱かった身体はそのままだ。

「どうか、穏やかな日々を」

それだけ言うと巫女は神官に連れられ祈祷の間から姿を消す。ようやく我に返ったザックは、巫女へ感謝の言葉を伝え損ねていた。

その後、数日ももたずに、巫女の言葉どおり母親の命の灯は消えてしまった。しかし祈祷の効果により、最期は穏やかな日を送ることができた。

金は尽きたが、母親を静かに見送れたことに後悔はない。細々と働きながら借金を返し、いつかは誰かと家庭を持ちたい、ザックはただそう願っていた。

しかし、運命は彼をどこまでも翻弄する。

「なんで、なんでこんな……」

「貴様がいつまでも金を返さないからだろう」

冷酷に言い放って男爵は証文をザックの前に付きつける。

父親と静かに営《いとな》んでいこうと思った店は、借金のカタにと全て奪われた。神官もグルだったのだと気が付いたときには全てが遅かった。母の死ですっかり弱っていた父親はさらに老け込み、親類を頼り王都から逃がすのが精一杯だった。

「お前はなかなか商売に関する勘がよさそうだ。私の下で働け」

それを断る術はザックにはなかった。男爵の法すれすれの金儲けに吐き気すら感じていたザックだったが、人は慣れる生き物だ。目の前の出来事にすら目を瞑《つむ》れば、これは全て労働だと割り切ることができた。自分がこんなに冷酷な人間だとは思わなかった。振り返れば金の切れ目が縁の切れ目であったように、人間とは結局どこまでも残酷なのだと思い知る日々。

男爵がおかしくなりはじめたのは二年ほど前だ。

美しい王の側室に傾倒しはじめたころから、男爵の仕事は転がるように悪い方向へと色を変えていく。これまでは法すれすれの金貸しや地上げを行い、ザック同様に弱みに付け込まれた人々から金を巻き上げるのがせいぜいだった。だが、金を稼ぐため、側室に気に入られるためにと、法を外れた商売を始めた男爵にザックは恐れを感じはじめる。

その側室がはべらせている魔術師が作ったという香粉を男爵が使いはじめたあたりから、さらにたがが外れていく。怪しげな魔術師たちとも取り引きをし、違法な魔術具の取り引きにも手を染め、人の命すら商売道具とみなすようになった。

なにもかもがおかしくなったと感じたときにはもう遅かった。自分もかなりの悪事に手を染めていた。もし裏切れば自分の命すら危ないだろう。だが、このままこの男と共に朽ちるのだけは嫌だ、金を持って逃げるか、そう考えはじめていた矢先の出来事だった。

「ようやくあの巫女が手に入るぞ！」

男爵が教会の巫女に執着しているというのはずっと知っていた。側室の望みもあって寄付金を積み手に入れる算段をしていることも。借金のことで教会を恨んでいたザックはそのことにはなんの感情もなかった。いい気味だとしか思わず、男爵の話を聞き流し続けていた。腐った教会に仕える者などどうでもいいと。

とにかく逃げる算段が必要だと、他のことに構っている暇などなかったのだ。側室が体調を崩したことでさらに凶暴性を増した男爵から己の身を守るので精一杯だ。香の匂いで自分の思考すら溶かされそうで、ザックは必死だった。だが、出会ってしまった。

「久しぶりだなぁ、アイリス」

ようやく手に入れたぞと喜ぶ男爵のもとに届けられたのは、白い髪の巫女であった。怯えるその姿に、忘れかけていた記憶が蘇る。あの日、母親を苦しみから救ってくれた少女。彼女の力で得た、穏やかな母の最期。

彼女を助けなければならないという使命感に駆られ、ザックはなにをすべきかと必死に頭を働かせる。どこで逃がせばいい？　誰に託せば彼女を救える？　男爵の監視は厳しく隙はない。

白き巫女に無理をさせて怪我をさせることだけは避けなければならない。

彼女に「とにかく大人しくしておいてほしい」と告げるのがやっとだった。男爵の部下である自分は、彼女からしてみれば信用できない存在だ。事実を告げてもわかってもらえるとは思えない。

男爵が「貴族に囲われていた」と漏らしたことで、ザックは城にさえ行けば、兵士に助けを求めることができるのではないかと考える。巫女の様子から、いい相手のそばにいたことはすぐにわかった。その場所に彼女を戻さなければならない。きっと彼女を幸せにして守ってくれる場所だ。

彼女が側室の部屋に連れ込まれ、扉が閉じた瞬間、ザックは走り出した。この離宮は側室の〝王国〟だ。味方はいない。事前に匿名《とくめい》で通報はしておいたが、どこまで信じてもらえるかはわからない。男爵が気づく前に、城の兵士を呼ばなくては。

まるでザックの願いに応えるように、若い騎士と兵士たちが離宮に押しかけてきた。「ここは側室の離宮だぞ」と騒ぐアイリーンの配下たちを押しのけ、一人の騎士が「ドル男爵がいるはずだ」と叫んでいる。「巫女が一緒だ」とも。

ザックはすぐさまその騎士に駆け寄り、彼女を、巫女様を助けてほしいとすがりついた。

騒動の後、ザックは男爵とは一度も顔を合わせることなく、いくらかの報奨金を持たされ釈放された。男爵は財産をすべて没収され、流刑になったと後に知る。その罪が明確に裁かれることがないのが不満ではあったが、側室とのかかわりを隠したかったのだろうと納得もできた。貴族とはそういうものだ。

悪事に手を染めた自分になんの沙汰もないのが怖くもあったが、生きているだけでもいいではないかと不思議と思えた。

その後、父親と無事に再会を果たした彼は、平凡だが穏やかな家庭を持つことができた。

まるで誰かに守られるかのように、その人生は静かだった。

# 幕間④　ローザ

ローザ・プロムは伯爵家の娘として生まれ、輝く金の髪と深い緑の瞳を持つ、誰からも美しいと賞賛される娘だった。気位が高く気性が荒いところはあったが、貴族令嬢としては問題ない程度であった。父親であるプロム伯爵は彼女を溺愛していた。いずれ伯爵家以上、叶うならば王家に連なる誰かに縁付かせたいと考えていた。

十歳になったある日、教会から迎えが来た。緑の瞳を持つ十歳になる少女が聖女候補であるという神託が下ったからだ。プロム伯爵は歓喜した。彼らの先祖には聖女の血が流れている。誰も表立っては言わないが、聖女の血が流れ、高貴な位にいればいるほどに聖女の可能性が高いという噂。候補の中でもっとも位が高いのは娘のローザだ。ローザが聖女になれば王妃になることだって容易《たやす》いだろう。

聖女はこの国では王よりも立場が上だ。プロム伯爵は喜んでローザを教会に差し出した。ローザは選定の儀式まで教会で暮らすことになるのを嫌がったが、聖女になればどんな栄華も思うがままだと聞かされ、しぶしぶ教会に行くことにした。

自分が一番であると自負のあったローザだが、そのプライドはあっけなく打ち砕かれた。聖なる力の測定で自分より水晶を輝かせたのは、みすぼらしい孤児院出の娘だった。しかも不気味な白の髪。顔立ちは整ってはいたが、感情を表に出さない顔つきがひどく憎らしく、ローザは彼女、アイリスを目の敵《かたき》にするようになる。

差は聖なる力のことだけではなかった。教会で祈祷の修行をしても、アイリスが出す結果にローザはどうしても及ばない。最初に渡された聖典もアイリスは一晩のうちに読んでしまったというのに、ローザは三日もかかってしまった。

料理や掃除も自分たちでしなければならないと言われ、それにも腹が立った。伯爵家令嬢になにをさせるのだ。私は聖女になるというのに。

そして思いついた。すべてをアイリスに押しつければいいのだ。

ローザはすぐさまアイリスに向かって、私たちは毎朝の礼拝だけに顔を出すから、あとは全てお前の仕事だと言いつけた。アイリスはローザの言葉に一瞬だけ首を傾げたが「わかりました」と静かに応え、澄ました顔のまま掃除や雑用をこなしはじめた。その態度にも腹が立ったが、楽ができるのならばなんでもいいとローザはすぐに興味を失う。アイリスが地味な役割をすべて請け負ったことで、ローザをはじめとする聖女候補たちは優雅な日々を過ごしていた。

結果、聖なる力は弱まっていったが、ろくに祈祷を行わない彼女たちは気が付かない。神官たちもローザが聖女になると信じて疑っていない様子で、従順だ。本来なら禁止されている化粧道具や装飾品すら持ち込み自由だった。

どうせ聖女にはなれないアイリスには無駄だからと言って、女神について学ぶことも阻害し、真摯《しんし》に女神に祈祷を捧げるアイリスが「白き巫女」と呼ばれるようになったことを聞きつけ、調子に乗るから本人には知らせるなと、自分に媚びへつらう神官たちに命じることもあった。

あと数日で聖女選定の儀式だというある日、神官が「かなり高位の貴族が来ているから、ぜひローザが祈祷すべきだ」と駆けつけてきた。ろくに祈祷などしたことはなかったが、顔を売っておくことに意義はあるとローザは大儀そうにそれに応えることにした。めいっぱい着飾り澄ました顔をして対面した相手は、それはそれは美しい青年で、ローザはひと目で恋に落ちた。まるで幼いころ憧《あこが》れた王子様のような姿。聖女になったらぜひ彼と結婚したい。苦しそうな彼を癒したい。彼を救えばきっと自分を好きになってくれる。きっと聖女となった私に求婚してくれるだろう。下心を隠さずにローザは青年の手を取る。力のない冷たい手に自分の手をねっとりと絡みつけ、ローザは微笑んだ。青年の顔が落胆に沈んだのが気にかかるが、そんなことは些末なことだと思えた。

「あなたの苦しみを和らげて差し上げるわ」

最初に教わったとおりに祈祷を行う。自らの中にある聖なる力が反応するのがわかる。これでこの方の心は私のもの、とローザは腹の中でほくそ笑んだ。

だが、どんなにローザが力を込めても、青年の顔色は悪いままだ。何度も何度も繰りかえすが変わらない。しまいには青年が「白き巫女ならばと思ったのに」と呟き、煩わしげにローザの手を振り払った。

その言葉がローザのプライドを砕いたのは言うまでもない。

これまでは放置していたが、今日はあの澄ました顔を一発でも殴らなければ気が済まないとローザは怒りに燃えた。しかしアイリスはローザの前から姿を消していた。当然のように押しつけていた仕事は全てローザをはじめとする巫女たちに降りかかってきた。

「すべてあの孤児のせいよ。忌々《いまいま》しい！　忌々しい！」

地団太を踏んで叫ぶローザは、現状を聞きつけ駆けつけた父親に必死にねだる。

「あの方と結婚したいの。どうしてもあの方がいいの」

祈祷者の情報には守秘義務があり、本来ならば聖女候補でも知ることはできないが、ローザの機嫌を取るためならと担当した神官はあっけなく彼の名前を漏えいしていた。プロム伯爵はそれが王と縁続きの名家であるとすぐに気が付く。聖女の伴侶としてはいささか不満は残るが、立場としては悪くないと、娘のために動くことを決意したのだった。


「どうして娘がこんな目に遭わなければならないのだ」

プロム伯爵はうめきながら眠り続けるローザの失われた腕を求めるように虚空を撫でる。

あの日以来、ローザは目覚めない。神の御業で失われた腕を治癒できる者は一人もいない。

それどころか、美しかった彼女の金髪が灰色に染まっていくのを止めることもできなかった。

儀式を冒涜《ぼうとく》したと、廃棄巫女の烙印《らくいん》まで押されてしまった。プロム伯爵家は娘の暴挙を止められなかった罪に問われ、今は謹慎処分を受けている。

可愛く美しい愛しい娘。聖女になり王妃にもなり得た我が子の変わり果てた姿に、プロム伯爵は涙すら涸《か》れていた。残っているのは憎しみだけだ。

なにをしたというのだ。聖女になりたいと願っただけではないか。こんなひどいありさまにする権利など、たとえ神だとしてもあるものか。

聖女候補を生まれで差別し、信頼を地に落としたとして、教会では大規模な粛清が行われ、ローザに肩入れしていた神官はほぼ投獄された。

国の裏側を牛耳《ぎゅうじ》っていた王の美しき側室も、時を同じくして幽閉されたと聞く。

そんなことはプロム伯爵にとっては些末な出来事に過ぎない。彼にとっては可愛い娘が世界の全てだった。

「必ずだ、必ず復讐してくれる」

王も、娘から聖女の立場を奪った巫女も、娘の求愛を拒んだ青年も、女神すら、プロム伯爵にとっては仇敵となっていた。

# 幕間⑤

# 側妃が望んだもの

強欲であることのなにが悪いというのか。

私はただ、全てが欲しかっただけだ。

愛も、権力も、金も、なにもかも。


アイリーンは冷え切った石の塔の頂上にある小さな部屋で、窓際の椅子に深く腰掛け、ぼんやりと外を眺めていた。

片足には長い鎖がつながれ、みじろぎするたびにちゃりちゃりと重い音を立てる。こんな鎖などなくとも痛くて苦しいのにどこにも行けるはずがないではないか、と呟いたが、言葉は声になることはなく、ひゅうひゅうと乾いた音を立てるだけだ。

誰もが振り返る美貌は既に見る影もない。痩せ細り覇気をなくした彼女は年齢よりもずいぶんと老けて小さく見えた。

アイリスがアイリーンへ返した呪いは、毎日のように通ってくる神官や巫女により緩やかだが解呪されはじめていた。しかし強すぎるがゆえに、完全な解呪には何年かかるかわからないという。アイリーンの命の灯が燃えつきるのが先か、解呪されるのが先か。いっそのこと処刑してくれればいいのに、とアイリーンは吐き捨てたが、処遇が変わることはなかった。

それが、王が彼女に科した罰なのか、憐れに思うがゆえの温情なのか、もはやアイリーンにはどうでもよいことだった。

貧乏な男爵家の息子が娼婦に産ませた娘。それがアイリーンだ。

父である男は子供ができたことで母子を見捨てた。男に捨てられるきっかけになった娘を実母は疎《うと》んだ。死なないことが不思議な日々。そんな母が客からうつされた悪い病で死んだという知らせを聞いて、父はようやくアイリーンを引き取った。

父親は爵位を継いでおり、すでに正妻がいて、生まれたばかりの弟もいた。アイリーンの居場所などどこにもなかった。

正妻はアイリーンにどこまでも厳しく接した。娼婦の母譲りの美しいアイリーンは正妻にとっては憎しみの象徴だったのだろう。父親も、引き取ったことで責任を果たしたとばかりにアイリーンを放置していた。金がないことを理由に粗末な古いドレスしか与えられなかった。食事も日に一度で、社交界デビューなど当然無理だと告げられる。美しさだけが取り柄なのだから、金を持っている男の後妻になれと罵《ののし》られた。

私がいったいなにをしたというの。アイリーンの心には憎しみしかなかった。

そんなアイリーンに手を差しのべたのは、男爵家に出入りしていた商人だ。一晩夢を見させてくれれば、ドレスを与えて高貴な人々がいる場所に連れ出してやると囁かれた。アイリーンは一も二もなくその話に飛びついた。もとよりきれいな人生ではない。この美しさを活用できる場所に引き上げてくれるなら、悪魔とだって手を組むと、彼女は商人の手を取った。

商人の手によって美しく磨き上げられたアイリーンは、夜会へと舞い降りた。ありとあらゆる貴族たちが美しいアイリーンを求める。必要とされ愛されたくさん物を与えられる夢のような日々。そして彼女はこの国でもっとも高貴な男性と巡り合う。年老いた国王はずっと前に死んだ王妃を思い一人だった。アイリーンはすぐさま国王の寂しさを埋める努力をした。

なにも知らぬ純粋な娘を演じ、美しく、華やかに、そして素直で従順に。国王に愛されるためにはなんでもした。そしてその愛を勝ち取ることができた。この国の王に愛される存在はこの国で一番光り輝く地位だ。勝った、そう思った。自分をさんざん見下した男爵家の家族が自分にかしずく姿を見て、アイリーンは恍惚《こうこつ》として歓喜に震えた。

しかし王がアイリーンに与えたのは、側室という肩書きと片手間の愛。生まれが足かせとなって王妃の地位は許されなかった。忙しい王はアイリーンを愛してはくれたが、国よりは愛してくれなかった。子を積極的に成すこともなく、たとえ子供が生まれても跡継ぎにはできないと言われた。これまでの日々に比べれば、なによりも大切にされてはいたがアイリーンはそれだけでは物足りなかった。愛を、権力を、金を。執念とも呼ぶべき欲望は彼女を変えていく。

自分に甘い国王の目を盗み、若い男たちと遊び呆け、魔術師くずれを配下にし、自分の従僕を増やす手伝いをさせた。麻薬のような香粉を作りだし、それをばらまき半ば洗脳のように操ることで、どんな願いも思うがまま。夜の女王と呼ばれ、享楽《きょうらく》の日々を過ごしていた。

まだ若い王子も籠絡《ろうらく》しようとしたが、死んだ王妃派の者たちによって守られる彼に近づくことはできなかった。王女たちは年の近いアイリーンへの敵意を隠さない。そのすべてが腹立たしく、代わりに王子と兄弟のように育った王の親族である若い騎士に目を付けた。見目麗《みめうるわ》しく、血筋もよい。そうだこの騎士の子を産んでやろう、とアイリーンは思いつく。王の子だと偽《いつわ》ればいい。生まれた子が男児ならば、王子を殺せば王位すら手に入る。

見目麗しいその騎士をアイリーンは自信を持って誘惑したが、まるで汚物のように手を振り払われた。それだけではなく、身のほど知らずにも「側室らしく振る舞え」などと口にしたのだ。許せない。王の血脈はどこまで自分を愚弄《ぐろう》すれば気が済むのだ。

魔術師に依頼し、騎士を呪った。人を呪うのは初めてではない。呪いは返されれば命にかかわると言われたが知ったことか。命が尽きるその前に優しく手を差しのべてやろう。手を取り自分に忠誠と愛を誓うならば助ける算段を。拒むのならば絶望の死を。

かけた呪いを解くためには巫女が必要だ。巫女は教会に囲われているから簡単には手に入らない。さてどうしたものかと思案しているアイリーンのつぶやきを聞いた崇拝者の一人である男爵が、必ずや巫女を用意すると言ってきた。醜いが金はある男だし、仕事は信用できた。巫女さえ手に入れば、呪いで人を操ることも自由自在だ。アイリーンは自分の考えに酔いしれ舌なめずりをして騎士の衰弱する様子を愉《たの》しんでいた。

しかし呪いは返ってきた。何倍にも重さを増して。

自分を案じた王が医者や治癒魔法師を送り込んでくるが効果があるわけがない。わずらわしかったし、呪いのことがばれるのがただ怖くて、離宮に隠れた。魔術師までもがこれまでの恩を忘れてどこかへ逃げていった。

許せない、許せない。

その憎悪が呪いをさらに黒く深く強めていく。役立たずの信者に身のほど知らずの巫女、そして私を見下す騎士。なにもかもが憎かった。

そして、あっけないほど簡単にアイリーンの悪事は国王に露見した。

捕らえられたのち、国王は一度だけ彼女に会いに来た。言葉すら発することができないほどに衰弱したアイリーンにただひと言「すまぬ」と告げた。それがなんの謝罪だったのかもはやアイリーンにはわからない。いったい自分はなにが欲しかったのだろうか。

空を見るために身体を動かせば、ちゃり、と足をつなぐ鎖が音を立てた。

# 白き巫女編

王様やジュオルノの強い勧めもあり、数日間は王城で過ごすことになった。

今回の件ではいろいろと後始末があるらしく、城の外に出るのは危険と判断されたらしい。教会でも大きな動きがあったとの話がもれ聞こえてくるが、今回の件にかかわった人たちの処遇については誰も語りたがらない。

なんとなく聞いてはみるが、ぼんやりと誤魔化《ごまか》されてしまう。気を遣ってくれているのもわかるが、心にしこりのようなものが残る。どんな報復がなされたのか知るのはもちろん怖いし、実際「知らないほうがいい」と誰かが口にもしていたが、私が逃げ出さなければ起こらなかった惨事かもしれないのだ。少なくとも、ローザが腕を失うことはなかったかもしれない。

そんな鬱々《うつうつ》とした思いを内に抱えながらも、日々は目まぐるしい。皆が優しく私に接してくれる。聖女様、と呼びかけられるのには慣れない。私よりもずっと位の高そうな人が、私とすれ違うたびに深く頭を下げてくるのがいたたまれず、部屋の中で隠れるように過ごしていた。

聖女が誕生した、という発表は盛大になされた。痩せはじめた大地に不安を募らせていた国民たちはお祭り騒ぎで、国の雰囲気はかなり明るくなったらしい。

お披露目はまだかとの声もあるが、今回の聖女は恥ずかしがり屋なので、次の豊穣の儀式までは外に出ないということで話を収めてくれている。

ただ、人の口には戸が立てられないのか、神殿にいた白き巫女が聖女であるということは人々の口から口に伝わって、今では知らぬものはない状況らしい。白き巫女の浄化を受けたことがあるというだけで、加護がお裾分けされるのではないかと言われ、人気者になるような騒ぎも起こったとか。皆聖女に期待しすぎだよ、と騒ぎの大きさに比例して、私の気持ちはますます沈んでしまうのだった。

「アイリス」

ジュオルノは毎日のようにそんな私のところへ来る。しかも毎回、花束やお菓子を持って。そろそろ花は止めてもらわないと、部屋でお花屋さんが開けてしまう。

今は、王都にある別邸に住んでいるのだとか。お仕事はいいのかと聞けば「休暇中だよ」と本当か嘘かわからないことを言う。

「お屋敷の皆さんは元気ですか」

「元気だよ。エルダは早く君に会いたいって。今は、屋敷の改装工事を頑張ってくれてるよ」

「改装工事!?　まさか私が住むから改装してるとか言わないですよね？」

「よくわかったね。聖女である君と暮らすんだから当然だろう？」

「そんな！」

「気にしないで。過去、聖女であったひいひいおばあ様が降嫁されたときも我が家は大々的に改装を行ったんだよ。君の保護のための予算は陛下から預かっているからね」

いや気にするよ。とても気にしますよ。話を詳しく聞けば、やはり私が誘拐されたことが重くとらえられているらしく、簡単に外部から侵入できないような工事や、私が屋敷に滞在するにあたっての準備をしてくれているのだという。

「ジュオルノ様。私、聖女扱いなんてしてほしくないんです。ただのアイリスとして、皆と暮らしたいというか」

「わかっているよ。君が聖女かどうかなんて僕には関係ない。アイリスだから守りたいんだ。安心して、二度とあんな怖い目には遭わせない」

まったくもって通じている気がしない。守ってもらえるのはありがたいけど負担になるのは本意ではない。どうしたら理解してもらえるのかと、ちらちらジュオルノを見ていると、バチリと合った瞳が嬉しそうに微笑む。うう。美形の微笑はずるい。

彼への気持ちを自覚してからの私は、なんというか挙動不審だと思う。目を合わせるのも耐えられないし、ちょっとしたことでも顔が赤くなってしまう。

ジュオルノが来るのが待ち遠しい。でもそばにずっといられるのは落ち着かない。彼が帰った後は、ほんの些細なやり取りを思い返しては、一人ベッドで転がっていたりする。完全におかしい人だ。

お城のメイドさんたちはそんな私を優しくお世話してくれる。やれ、今日はこの髪形にしようだとか、新作のドレスを着てみないかだとか。エルダさんたちのときも思ったけど、私のことを着せ替え人形かなにかだと思っているのではないだろうか。

「今日のドレスもとても似合っているね」

「ありがとうございます……でも、私には不釣り合いというか、落ち着かないです」

褒められると胸の奥がむずむずする。今日のドレスは菫色《すみれいろ》でシンプルなデザインながら、生地にはクリスタルが散りばめられていて、動くたびにキラキラと光る。こんな高級な品を身につけるわけにはいかないと抵抗したが、着てくれないと叱られるんです、とメイドさんたちの泣き落としで結局はなすがままだ。

「そんなことはないよ。すごく似合っている。欲を言えば、青いドレスだけをずっと着ていてほしいけどね」

僕の瞳の色だからと、笑いながら告げられる。顔が熱い。りんごみたいに真っ赤になっている気がする。

「やめてください、わたしなんかに、そんな」

もう本当に許してほしい。心臓がもたない。彼が私に好意を持っていることを知っているから余計に。

「なんか、なんて言わないで。アイリスはとても素敵な女性だ。そばにいるだけで僕をこんなに幸せにしてくれる」

蕩《とろ》けるような笑みを浮かべ、ジュオルノが私の手を取った。途端に青いオーラと共に、舞い散る花びらが彼の周りに現れる。わー、今日もすっごい花吹雪。毎日見ているものだから少しだけ慣れた。ジュオルノの顔を真正面から見なくて済むからなのかもしれない。

ここまで花びらが多いと、正直少しだけ邪魔だな、って思ってしまう。せっかくのジュオルノのきれいな顔が見えない。いや、見えたら見えたで恥ずかしいのだけれどね。でも、やっぱり近くで顔が見たい、と思ってしまうのは恋ゆえなのかな。

今は勝手に見えてしまうオーラだけれど、私の意思で見えたり見えなくなったりすればいいのになんて考えつつ、花びらに包まれ輪郭《りんかく》すらはっきりしないジュオルノを見つめて二度三度と瞬きをしたそのとき。

「え？」

どういうことだろうか。ジュオルノの周りに舞っていた花びらだけではなく、オーラが不意に消えてしまった。

「うそ！」

私が急に叫ぶとジュオルノは驚いた顔をした。はっきりくっきり見えるその顔にドキドキする。お互いの手は間違いなく触れ合っているのに、オーラが見えなくなっている。

なにがあったの？　なんで見えないの？　もしかしてジュオルノの気持ちがなくなった？　あたふた瞬きを繰り返すと、消えていたはずのオーラがまたはっきりと見え出した。花びらは健在。あ、よかった。ちがう、よかったじゃない。どういうこと？

「アイリス？」

挙動不審な私にジュオルノが首を傾げている。

当然だろう。急に訳のわからないことを言い出した私を心配そうに見つめる青い瞳。

「なんでもないの。その、うん、なんでもないの」

説明したくても説明できない。見えてたものが見えなくなってまた見えるようになったなんて意味不明だし「実は感情や気持ちがオーラで見えるの」なんて口にできない。きっと知られたら嫌われてしまう。

適当な言葉で誤魔化したけど、ジュオルノはすごく不思議そうだった。

その後何度か試したら、意識することでスイッチを切り替えるようにオーラが見えたり見えなくなったりすることが判明した。

まるで私が願ったからそうなったかのような不思議な光景だった。

これが聖女の力なのかしら？　おかげでジュオルノの顔を見ることができるけど、ああ、でもやっぱり落ち着かないよう。

巫女として長く教会にいたのに、私は大人たちからないがしろにされていたせいで聖女教育も十分に受けておらず、知識が大変乏しいことがずっと気になっていた。そんな不安をジュオルノに相談したら、王様まで話が伝わったらしく、畏れ多いことに王家直属の学者さんが教えてくれることになった。

「女神様と聖女の成り立ちについてはだいたいご存じのようですね」

「はい。これと同じ本をジュオルノ様のお屋敷で読みました」

濃い色のローブを着た学者さんはとても優しそうなおじいさん。本当の名前はとても長く難しく私はうまく発音できなかったので、ビズ先生と呼ぶことになった。

ビズ先生が最初に見せてくれた本はジュオルノの屋敷で見たことがある本だ。本の内容をおさらいするように一緒に読んだあと、本を閉じたビズ先生は私に優しく微笑んだ。

「書物には記されていないお話をしましょう。正直なところ、聖女とはなにか私たちにもわかっていません。女神様が想像ではなく実際に存在していることは疑いようもありませんが、なぜこの国だけが女神様にここまで愛されているのかも不明です。過去、近隣の国々も女神様の加護を求めて聖女様を誘拐しようとしたこともあるほどに、その加護の力は強い」

「誘拐……」

その言葉にゾッと背中が震えた。あの日の出来事はまだ鮮明に覚えている。

「ゆえに、聖女様は国をあげて保護されます。加護のためだけではありません。ご存じとは思いますが、女神様は聖女様に危害を加える者を許しません。その苛烈なる報復が様々な惨事をもたらすことは過去の歴史のとおりです」

「どうして……神様なのに……」

「神、だからでしょう。彼《か》の方々は人ではない、私たちの理《ことわり》とはまったく違う次元に生きておられる。人間の尺度で測るのは無為なことです」

静かな言葉は、これまでの御業が決して奇跡だけではなかったことを伝えてくる。

過去、聖女を誘拐しようとした国に大きな災害が起こったことがあり、今では他国が聖女に手を出す可能性は低いが、過去の歴史を信じず、女神を侮《あなど》って行動を起こす者がいないとも限らない。国同士での無用な争いを避けるためにも、聖女は大切に保護されているのだとか。

「私、いまだに自分が聖女だっていう自覚がなくて……平民が聖女になったなんてことはあるんですか」

「記録の中ではありません。しかし記録は教会によって改ざんされている可能性が高く、正式なことはわからないのが実情です。これまでの研究で聖女様が血によってつながっている可能性は否めません。だが我々はそれ以上に魂の情報が大切なのだと考えています」

「たましい？」

「非科学的な考え方ではありますが、転生というのでしょうか。今まで複数の聖女が同時にいたことは一度としてありません。先の聖女様が亡くなり、それと入れ替わるように新しい聖女様が生まれている。聖女様は一人の魂がずっと生まれ変わり続けているのではないかと」

あまりに壮大な話に理解が追いつかず、頭に疑問符が浮かび続ける。

「証明のしようはありませんがね。初代の聖女様は女神様の娘だと言われています。神の血を継ぐ存在である以上、人の理から少し離れた存在である可能性は高いでしょう」

「では私も……？」

「あくまでも仮説です。それにこれまでの聖女様が前世の記憶を持っていたという記録はありませんし、聖女に選ばれた後に人が変わったなどという話も聞きません。私は先代様をよく知っていますが、聖女に選ばれる前も選ばれた後も、穏やかな優しい方のままでしたよ」

「先代の聖女様を知っているのですか？」

「ええ……そうですね。難しい話はまたにして、今日は先代の聖女様について話をしましょう」

ビズ先生が優しく微笑む。本を閉じるとビズ先生は遠くを見るような顔をした。

「先代の聖女様はさる貴族のご令嬢でした。アイリス様のときとは違い、女神様の神託は当てはまる方が先代様しかないようなものでした」

「どのような神託だったかお聞きしても？」

「八年前の秋に生まれた、金の髪で肩に痣《あざ》がある娘、というものです」

「かなり具体的ですね。私のときは歳と目の色だけだったのに」

「先ほども申しましたが、神というのが人とは違う理で生きているからこそなのかもしれません。我々も同じ柄の猫を見分けるのは簡単ではないでしょう？」

神様にとってみれば人の外見が猫みたいなものってことなのかしら？　確かに黒猫だらけだったら簡単には見分けられないかも……でもそう考えると少しだけ、神様が、自分たちとはまったく違う理で生きているという考えがわかる気がする。おもしろいなぁと話の続きを待っていると先生は小さく笑った。

「アイリス様のように新しいことを学ばれるのがとてもお好きな方でしたよ」

先代様は幼くして聖女だと判明した。選定の儀式を待つまでもなく、彼女以外に候補がいなかったからだ。数年の教会勤めののち、儀式を経て正式な聖女となった。まだ駆け出しの学者だったビズ先生は、先代様に勉強を教える手伝いをしていたのだという。

「先代様はお城での静かな生活を望まれました。聖女として人前に立つことはあまりありませんでしたが、穏やかな微笑は皆を癒しておられましたよ。当時の王弟、今の国王陛下の叔父にあたる方と結婚され、男児をお二人産んでおられます。お二人とも現在は国の政務にかかわっておいでです」

おお、聖女様の直接のお子さんがこのお城にいるのか。年齢を考えたらお子さんって歳じゃないだろうけど。縁があれば会ってみたいなと思う。

「先代様はお城で生活されておりましたから、彼女がお年を召して亡くなられたときは城中が悲しみに包まれました。もう十七年も前の話になりますが」

先生の顔にも悲しみの色が混じる。きっと先代様を慕っていたのだろう。なにかを噛み締めるような沈黙の後、先生は微《かす》かに首を振ると、優しく私に微笑んだ。

「聖女の役割というのはそこまで多くありません。この国に住んでいてくださるだけで、聖女の存在を通して女神様は豊穣を与えてくださるのです。ゆえに、可能な限り城や王都にいていただきたいとはお願いしております」

それで先代様はお城に住んでいたし、王様も私にお城に住んでほしいと言っていたのねと納得する。

「年に一度、豊穣を祈る儀式の際には必ず主賓として参加していただきます。聖女の願いは必ず女神様へ届くと言われています。ベールでお姿を隠していただいてもかまいません」

「いいんですか？」

「聖女様が誕生したことはお披露目せねばなりませんが、お顔が知れ渡るのも危険が伴いますからね」

なるほどと頷く。

やっぱり人前に立つのは少し怖い。皆はきれいだと褒めてくれるけど、白い髪のせいでこれまでいい思いをしたことはないので、できれば静かに生きていきたい。

「それ以外にも、巫女時代のように祈祷や癒しをお願いする場合もございますが、これは聖女様のお心次第です。無理にとは言いませんし、国にかかわる大きな行事にお呼びすることもありますが、やはり参加は自由です」

「そうなんですね」

最初に説明されたとおり、聖女がこの国にいるというのが大事なので、役割は思った以上に少ない。もっとしっかりいろいろな役割が与えられているのかと思った。陛下には教会を導いてほしいとか言われたけど、それは陛下個人の希望だったみたいだし。大した知恵も心得もない私に教会をどうにかできるなんて思えないけど。

「もっといろいろな人とかかわらないといけないのかと思ってました……やっぱり女神様の報復があるからですか？」

恐る恐る尋ねれば、先生は僅かに目を細め困ったような微笑を浮かべる。

私にかかわったことで起きた惨事を思い出すと胸が痛い。いくら神様とはいえ、あんなに簡単に、あんな残酷なことができてしまう存在に加護を受けているということは、やはり少しだけ怖い。

「そうですね。最初にもお伝えしましたが、女神様は聖女にまつわることでは大変敏感でいらっしゃる。聖女様が不条理に晒されたと感じれば、ひどい報復が待っていると言われています」

ゾッとした。ますます、人とかかわるのはよくない気がする。どんなことで女神様が怒るかなんてわからないんだから。

先代様もそう考えてお城で静かに生活されていたのかもしれない。

「怖いですね……」

「……逆に考えれば、聖女を大切にすればその分だけ女神様は豊穣を授けてくださるのです。だからアイリス様はどうかみんなの好意を素直に受け取っていてください」

それもなんだか居心地の悪い話ではある。聖女だから大事にされているということを認めないといけないみたいで。胸に小さなとげが刺さったみたいだ。お城でみなさんが優しいのは私が聖女だからで、私自身のことを好きなわけじゃないかもしれない。

エルダさんたちの顔を思い出す。私の正体を知っても態度を変えなかったみんなのところに早く戻りたかった。

その後も、ビズ先生は私が知らない国のことやいろいろなことを教えてくれた。これからもたくさんお話を聞かせてくれると言ってくれたが、私は少しだけ憂鬱《ゆううつ》だった。

そして、私の憂鬱さにさらに追い打ちをかける出来事が起きる。

「あの、これは」

「全て聖女様への贈り物です」

部屋に積み上げられた箱の山と花の園。最初はジュオルノの仕業《しわざ》かと思ったが、私の横にいるジュオルノも困り顔なので、そうではないのだろう。箱にはメッセージカードが添えられており、見たことも聞いたこともない名前の数々。中身は服や装飾品。あと高価な壺とかよくわからない美術品とか、とにかく様々だ。

「これはいったい」

「君に気に入ってほしいんだろうね」

ジュオルノは慌てた様子も驚く様子もない。カードの名前や中身を確認しながら「アイリスの趣味じゃないのに」とてきぱきと分別してくれている。

「大半は挨拶《あいさつ》代わりだから受け取っても大丈夫だけれど、こちらに分けた物は返したほうがいい。貴族だからといって誰とでも付き合うものじゃない」

聖女である私自身に大きな力はないが、私を通して受け取る大地への恵みは大きい。自領へ一時的でもいいので滞在してほしいと願う貴族も少なくないのだとか。加護の効果は国全体にいきわたるので、住んでいるところだけが特別豊かになるわけではないのだけど、やはり聖女が「いる・いた」という記録は箔がつくから、特に農業を主業としている貴族は聖女にどうしても会いたがるものなのだとか。

しかし、そういった産業を営んでいないはずの貴族も私に贈り物をしてきている。その理由の大半はお金がらみ。聖女にあやかった商品や、聖女様お墨付き! などと謳《うた》って怪しげな商品を売り出そうとする連中とは付き合うべきではないと語るのはジュオルノだ。

送り主は貴族の名義だが、実際にはその貴族とつながりのある商人等がかかわっていることがほとんどらしく、そういった手合いにはよくない噂が伴う。かかわっていいことはない、と。

「そうなんですね……」

貴族社会というのは恐ろしいな、と目が回りそうだ。一人でお城にいたら変な話に騙《だま》されそうだと嫌な汗が滲《にじ》んだ。

「でもこんなにいろいろ貰っても、私、困ります」

ただでさえ、陛下やジュオルノが用意してくれる服飾品でも着こなせていないのだ。壺とか美術品は価値だってわからないのに。困り果てている私を見てジュオルノが優しく微笑んだ。

「アイリスは真面目だね。適当に受け取っておけばいいのに。そうだな、使い切れない贈り物はどこかに寄付してしまうという手もあるよ」

「寄付、ですか？」

「売り払ってお金に換えて寄付するもよし、それを必要としてくれる人に直接渡すもよし。寄付は貴族の嗜《たしな》みだけど、聖女が行えば加護があるかもと人々も喜ぶかもしれない」

これまで人から施しを受ける側の立場だったから、他人に与えるという行為がピンとこない。勿体《もったい》ないとか惜しいとかではない。困っている人に自分のものを渡すことに躊躇《ちゅうちょ》はないが、贈り物を寄付、というのは貴族だからこそ考えつくことな気がした。

「そうですね」

ふと、育った孤児院を思い出した。

貧しくてひもじくて寒いあの場所。あの孤児院も貴族の施しでなんとか成り立っていたはずだが、今はどうなっているのだろう。もう六年もたっているし、孤児院が無事かどうか急に気になってきた。

「あの、私、寄付したいところがあるんです」

自分が育った孤児院に寄付したいと相談すれば、ジュオルノは嫌な顔ひとつせず快諾してくれた。直接渡せそうなものは残して、それ以外はお金に換える手筈まで整えてくれた。

「一度に全部渡すとよくないことが起きるからね。僕が知り合いに頼んで、孤児院の管理をするようにしよう」

「そ、そこまでしていただかなくても」

「いいんだよ。アイリスが育った場所だろう？　大事にしなければ。約束するよ、悪いようにはしない」

ジュオルノの優しさが胸にしみる。

あまりいい思い出はない場所だ。それでもあの場所があったから親のいない私が生き延びられたのは本当で、まだ小さな子供たちもいたことが心配だったから、心のつかえが少しだけとれたような気持ちになった。

調べてもらうと孤児院はまだちゃんと残っていた。私と一緒に育った子供たちはほとんど残っていなかったが、皆それなりに元気でやっているようだと知れて、本当によかった。

私はその後も、持て余す贈り物の数々をお金に換え、私の育った孤児院だけではなく、国中の身寄りのない子供たちに行き渡るようにしてほしいと陛下にお願いをしたのだった。


お城での生活にかなり慣れてきた。嘘だ。いまだにまったく慣れていない。毎日ちょっとだけビクビクしているし、夜眠るときは目が覚めたら夢でした！　となるんじゃないかと不安でしょうがない。それほどまでに私は大事にされすぎだ。

今日はいつもよりも少しだけ豪華なドレスを着せられた私はジュオルノに手を引かれ、後宮にある庭園に向かっている。

王城はとても大きく、離宮も多い。お城とつながっている後宮と呼ばれるその場所は、亡くなった王妃様がお住まいだった場所だ。今では王様とその家族が静かに暮らしているそうだ。前代の王様には複数の御妃様と側室がたくさんいて、皆後宮に住んでいたこともあったそうなのだが、今の王様は王妃様との思い出を大切にしているらしく、側室だったアイリーンですら後宮に住むことはできなかった。だから彼女は自分のための離宮を持っていた。

今は僻地《へきち》に幽閉され、呪いで弱る身体をゆっくりと浄化させながら日々を過ごしているというアイリーン。彼女の悲痛な叫びを思い出す。あの醜悪なオーラは間違いなく彼女の本性ではあったが、彼女が苦しんでいたのも事実だったのかもしれない。

あの離宮とは違い、明るく暖かで花の香りがする後宮にたどり着く。豪華な装飾に場違いな気持ちになり、思わず足が止まってしまう。

「ここで王子様とお茶を？」

「そう。この先、君が聖女である以上は王家とのかかわりは避けては通れないからね。一度、殿下たちにも会っておく必要はある」

そう口にしながらもジュオルノの顔はあまり晴れやかでない。意識してオーラを見れば、少しだけ青に翳《かげ》りが見える。怒っているというより拗《す》ねているという雰囲気を感じた。

「あの、王太子様はどんな方なのですか」

「………とても素晴らしいお方だよ」

すごく間があったんだけど、なんでだろうか。

庭園はさすが後宮というだけあってとても素晴らしい。おお、と感動している私の前に、一人の少年が現れる。ジュオルノと同様に、金の髪に蒼い瞳。彼と少しだけ違うのは髪の毛が柔らかなウエーブがかっているところだろう。ほんのりと垂れた目尻が可愛らしい印象を与える。少年と青年の狭間《はざま》。怒られるかもしれないが、とても可愛らしい人だ。

「初めまして聖女様。エレンと申します」

深々と首を垂れる殿下に私は慌てる。

「おやめください! そんな、頭など下げないで……」

「いいえ、貴女は聖女様だ。僕よりもずっと尊い存在なんですよ」

にっこりと微笑む彼のほうこそ天使みたいだ、と見惚れてしまう。

エレン殿下は私よりもひとつ下で今年十五歳だと言った。年下とは思えない落ち着いた態度や丁寧な言葉づかい、そして眩しいほどの笑顔にさすが王子様だなぁと感心してしまう。話し方も優しく柔らかく、心地がいい。不敬かもしれないが、弟がいたらこんな感じかな?

ジュオルノとエレン殿下は子供のころから仲が良く兄弟のように育ったそうで、エレン殿下から聞くジュオルノの様子というのは私が知る彼とは違って新鮮でとても楽しい。

「聖女様、もしよろしければ僕もあなたをアイリス様とお呼びしてもいいかな」

「え？　ええ、構いませんよ」

「よかった。ジュオルノがそう呼んでいるのがずっと羨《うらや》ましかったんです」

「アイリス、と気軽に呼んでいただいても構いません」

「それは……いや、やめておきましょう。僕は馬に蹴られる趣味はないので」

「？」

なんのことだろう。ちょっとだけ苦笑いをしているエレン殿下の視線をたどれば、私の横に座っているジュオルノに行き着く。見上げた横顔は笑っているのになんだかちょっとだけ怒っているようにも見えた。じっと私、いやエレン殿下を見つめている。

「ジュオルノ様？」

呼びかければこちらを向くものの、返事をしてくれる様子はない。なにか気に障ったのだろうか。その後も、話が弾むたびに呼びかけてみるものの、ジュオルノの口数は少なくて、お茶会は妙な空気のまま終わることになった。

別れ際、エレン殿下はなぜか苦笑いを浮かべ「すみません」と謝ってくれた。その謝罪がなにに対するものなのかわからず、私は曖昧な笑みを返すことしかできない。

いつものように部屋まで案内してくれるジュオルノのオーラはやっぱりちょっとだけ暗い。手を引いてはくれているが、少し先を進んでいるせいで顔は見えない。私から視線をそらしたままだ。なぜだろう。なにが悪かったんだろうと不安で足が重たくなった気がして立ち止まれば、ジュオルノがようやくこちらを見た。

「アイリス？」

私を呼ぶ声は優しいけれど、ちょっとだけ棘《とげ》があるように思えてしまう。急に怖くなった。もとからつり合いだって取れていない。ジュオルノのことが好きだけど、私を好きだという彼のオーラをどこまで受け止めていいのか持て余しているのも本当で。オーラが全部真実なのかも不安だ。きゅうきゅうと胸が苦しい。はっきり好きだと告げられたこともないわけだし。よく考えたら花びらが本当に恋か愛の類だなんて証明されたわけじゃない。単なる保護欲かもしれない。

自分でそこまで考えて、気持ちが地の底に落ちていく気がした。聖女に選ばれたことだけでも混乱しているのに、ジュオルノの気持ちのことまでわからなくなってしまったら、私はなにを頼りに生きていけばいいのか。耐え切れず、私は口を開いた。

「あの、私なにか失敗しましたか？」

「どうしてだい」

「……ジュオルノ様、なにか怒っていらっしゃるように思えて」

「…………」

黙らないでほしい。沈黙が苦しくて、瞼が熱くなってきた。ここで私が心から信頼できる相手はジュオルノだけなのに。これ以上黙っていられたら泣き出してしまいそうで、つないでくれている手を少しだけ強く握れば、なぜかそっとそれを引き離されてしまう。ますます不安で、本当に泣きそうだ。

「……一度部屋に戻ろうか」

ジュオルノは私に背を向けて先に行ってしまう。私はその後をとぼとぼとついていく他なかった。つないでもらえない手が寂しくて、私は自分の両手を所在なさげに組み合わせた。

部屋に戻り、お互い無言のまま真向かいに座る。嫌な沈黙が二人の間に流れている。いつもなら隣にいるはずのジュオルノがちょっと遠いのが少しさみしい。まるで今の私たちの心の距離みたいだ。黙ったままのジュオルノになんと声をかけたらいいのか。先に謝っておくべきかもしれない。

「すまない」

「へ」

思わず間抜《まぬ》けな声が出てしまう。私が謝るはずなのに、先に謝られてしまった。

「君に不快な思いをさせて悪かった。君に対してなにかを思っているわけじゃないんだ。ただ」

しどろもどろなジュオルノが視線を泳がせている。

こんな態度は初めてで、いったいどうしたというのだろうか。具合でも悪いのかと不安になるが、ジュオルノはなにか苦いものでも食べたみたいな顔をする。

「君とエレンが話しているのを見ているのが嫌だったんだ」

胸が痛くなる。

エレン殿下とジュオルノは子供のころから仲が良く、兄弟のようだと言っていた。つまり私と殿下が仲良くすることで、殿下がとられてしまうように思ったんだろう。

やっぱりあの花びらは好意といっても庇護とか保護とかそういうものだったんだ。勘違いしていた自分が恥ずかしくなる。

「君が、エレンを選ぶんじゃないかと気が気じゃなかった」

逆じゃないの？　と私が理解できずに瞬きしていると、ジュオルノは長いため息を吐いて掌で顔を覆ってしまった。

「エレンのほうが歳も近いし話もあんなに弾んで……僕は自分がこんなに狭量《きょうりょう》な人間だとは知らなかったよ」

「あ、あの、えっと……ジュオルノ様？」

「選ぶのは君だし、僕が口を出す権利はない。でも、君と最初に出会ったのは僕だし、たとえ君が聖女でなくても、僕は」

「ちょ、ちょっと待ってください！」

もうジュオルノの言っていることがわからない。ジュオルノもジュオルノでなぜ私に止められたのかピンと来ていない様子だ。

「その、ジュオルノ様は私と殿下がたくさん話をしていたから怒ってらっしゃるんですよね」

「怒っているというか……そうだね、少し怒っているのかもしれない」

「ずっと前から仲の良かった殿下と私が急に仲良くなったら、それは確かに、嫌ですよね、ごめんなさい」

「うん……うん？」

「聖女に選ばれたとはいえ、私は平民ですし、その立場に甘えるようなことで殿下と親しげにしてしまって……」

「待ってくれ、アイリス、なにか勘違いしていないか？」

「はい？」

今度はジュオルノが私の言っていることがわからないとでも言いたげな顔をしている。

「僕は、エレンに嫉妬《しっと》していたんだよ。君とあっという間に仲良くなってしまったから」

ジュオルノが？　エレン殿下に？　嫉妬？

ぽかん、と口を開けてしまっている私にジュオルノがしどろもどろになりながら説明してくれる。心なしか顔が赤い。

「君は気が付いていないだろうが、あれはお見合いのようなものだった。君がエレンを選ぶ可能性だってあるから、と」

「お、お見合い？」

「陛下は君が僕のそばにいることに反対はしなかったが、本音を言えばこの城に残ってほしいはずだ。もし君がエレンを気に入って彼を選ぶなら、と考えたんだろう」

「待ってください！　お見合いって……選ぶって……」

話がまったく頭に入ってこない。お見合い？　私、王子様とお見合いしたの？

「君は僕と話すよりもエレンと話すときのほうがずっと楽しそうで……だから嫉妬した。ヤキモチだよ。アイリスにはなんの非もない。すべては君の気持ち次第だっていうのに」

いつも落ち着いて穏やかな表情をしているジュオルノが少年のように不貞腐《ふてくさ》れている。

「それって……」

ジュオルノの言葉の意味を噛みしめて、私は顔に熱が集まるのを感じる。彼はどんどんと早口になっていく。まるで自分の気持ちに蓋ができないみたいに喋り続ける。

「アイリス。君にそばにいてほしいと願ったのは僕の勝手だ。君がここにいたいというのなら反対する権利は僕にはない。でも、知っておいてほしい、僕は、君のことを一生そばで守りたいって思っているんだ。エレンになんか渡したくない」

王子様のことを「なんか」呼ばわりはよくないんじゃないか、と突っ込みたいがそれどころじゃない。ジュオルノは気が付いているのだろうか、ものすごいことを私に言っていることに。

「こんなみっともない僕に幻滅したかもしれないけど、これが僕の本音だ。だから…………」

そこまで口にして、ジュオルノが口を「あ」の字にして固まる。きれいな顔がまるでりんごみたいに真っ赤に染まった。音がする勢いでジュオルノが口を手で覆うけどもう遅い。

私は全部聞いてしまった。きっと私の顔も同じように真っ赤で、ジュオルノよりもみっともない顔をしている気がした。

さっきとは違った意味で沈黙が流れて、お互い顔を赤くしたまま俯いている。

「アイリス、その、今のはね」

さっきまでの勢いが嘘みたいに、たどたどしい口調。

「ああ、クソっ、もっとちゃんと伝えるつもりだったのに」

らしくない言葉づかい。きれいに整えた髪を乱すみたいに頭を掻いて、ジュオルノが立ち上がる。驚きで震えた私の足元にジュオルノは膝をついた。ようやく縮まった距離は今の私には刺激が強すぎる。

聖女だと呼ばれたあの日のように、ジュオルノは私の手を取った。私は反射的にオーラを見ないように瞬きをして視界を切り替えた。まっすぐ見つめてくる青い瞳の中に、真っ赤に顔を染めた私が映り込んでいる。

「アイリス、僕は君のことが大切だ。聖女だからじゃない。君という一人の女性が大切で心から愛しいと思っている」

心臓が痛いほど脈打っている。

恥ずかしくて泣きそうで、でも苦しくて、嬉しくて、逃げ出したい。

「これから君が聖女だという理由で近づいてくる男たちがたくさんいる。僕はそんな奴らに君を渡したくない……君は優しいから、僕に義理を感じてそばにいてくれているのかもしれない。そこに付け込んでいる自覚はある。でも、どうか僕を選んで、アイリス」

「ジュオルノ様」

胸の奥が強く締めつけられた。泣いてないのが不思議なくらい、気持ちが落ち着かない。私も、私もと伝えたいのに声が出ない。

この言葉に応えたら私はどうなるんだろう。彼のことは好きだ。私を守ってくれて、助けてくれて。言葉もオーラも嘘がなくまっすぐで。きれいで優しい人。

ジュオルノは素敵な騎士様だけど、対する私は、聖女に選ばれただけのただの小娘で、聖女でなければ彼の隣にいることすら許されない存在だ。ちっぽけで弱くて足手まとい。聖女だという立場に甘えて、この気持ちに応えることが許されるのだろうか。

「私…………」

黙り込んでしまった私を見て、ジュオルノの表情に落胆の色が混じる。私の手を摑んでいる彼の手が問うようにゆるく力を増したのもわかった。答えが出せない私は、その手を握り返すこともできない。

「ごめん、急だったよね。すまない。困らせるつもりはなかったんだ」

「違うんです、私、その……」

「いいんだ。君に甘えていた自覚はある。今すぐ返事が欲しいとは思わない。ただ、伝えておきたかった」

悲しそうに微笑んでジュオルノが立ち上がる。ほんの少し力を込めて手を握られてから、それはするりと離れていった。ちがうの、離れないで、と口にしたいのに情けない私は上手く言葉が出てこない。

「……！」

気が付けば、離れていくジュオルノの袖をぎゅっと摑んでいた。

「アイリス？」

「ジュオルノ様、あの、あの……」

まずなにから伝えたらいいのか。言葉が喉に張りついて出てこない。情けなくて泣きそうで
ただ、ジュオルノの顔を見つめる。厳密には触れていないので当然オーラは見えない。だから
彼が今どんな気持ちなのかはわからない。

ジュオルノの表情は少しだけ驚いたような、でも穏やかな、優しい顔で。

「待ってて、ください」

私はそう伝えるのが精一杯。想いを伝える前に、私は学ばなければいけないことがいっぱい

ある。ジュオルノの気持ちに応える自信がつくまで待っていてほしい。自分勝手な私の気持ちに呆れられてしまうかもしれないけど。

「アイリス」

ジュオルノの手が袖を掴んだままの私に添えられる。大きくて温かい、何度も私を助けてくれた優しい手。

「僕は期待してもいいの？　そんなに可愛い顔で言われたら、君が嫌になっても離れてあげられないかもしれないのに」

蕩けそうな声と瞳で告げられて、私は息も絶え絶えだ。

「いじわる」

泣きそうに震える声で呟けば、ジュオルノは「ごめんね」とまったく反省していない顔で笑った。

エレン殿下とのお茶会の翌日、私は国王陛下に呼ばれて執務室に来ていた。いろいろとお忙しいらしい陛下は疲れた顔で私を出迎えてくれた。

「おお、聖女様」

「ごきげんいかがでしょうか国王陛下」

「かしこまらずともよい。そこに座ってくれ」

促されて、陛下のそばにあるソファに腰掛ける。

執務室にはたくさんの人がいて忙しそうに仕事をしていた。私がいてもいいのだろうかと気が引けるが、皆きちんとおじぎをして挨拶してくれた後はすぐに仕事に戻っていく。国を管理するというのは大変なことなんだろうな、とぼんやりしていると陛下が向かいのソファに腰を下ろした。お年を召されているがきれいな顔だなあと思う。やっぱりジュオルノにどことなく雰囲気が似ていて温かい。

「来ていただいたのは他でもない。昨日、エレンに会われたそうだがどうだったかな」

「どうだったと言われましても……」

「我が子ながらあれは賢く見た目もよい。聖女様とは歳が近いし仲良くなれるとは思うのだが」

陛下の窺《うかが》うような言葉に私はジュオルノの「お見合い」という単語を思い出した。

「聖女様さえよければ、ぜひ仲良くしてやってほしいのだが、どうだろうか」

穏やかに微笑む陛下から悪意や下心は感じられない。別にエレン殿下になにか悪印象があるわけではないので、私は素直に答える。

「エレン殿下はすごく素敵な方だと思います。お話ししていてもすごく楽しくて、私もぜひお友達になりたいです」

「友達、かね」

「ええ……やっぱり王子様相手にお友達は失礼、でした、か？」

「いやそうではないのだが……」

「ジュオルノ様のお話をたくさんしてくれて、本当に楽しかったです」

「そうか」

なぜだかとても落胆した様子の陛下。陛下は良くも悪くもとても素直な方のようだ。オーラを見なくても隠しごとができない人だとすぐにわかる。態度や表情から、陛下は私にエレン殿下を勧めているのだとよくわかった。やっぱりお見合いって本当だったんだと私は少しおかしくなった。

「そうか、ジュオルノか」

私の話を聞いていた陛下がうむ、と唸った。さっきまで穏やかだった表情が急に真面目なものに変わり、私をまっすぐに見つめる。

「ジュオルノの祖母が、儂の姉であるというのはご存じかな」

「ええ」

あの騒動の後、ジュオルノに教えてもらった。順位は低いが王位継承権があるというのも。

「儂と姉上は年が離れていてな。姉というよりも母のようであった」

なにかを懐かしむような顔の陛下はどこか幼く見える。

「姉上がジュオルノの祖父と結婚したいと言い出したとき、儂はまだ七つになったばかりでな。

姉上を取られるようで腹が立ったのを覚えておる」

「お姉様のことが大切だったんですね」

「ああ。そんな姉上は結婚してたった十年で夫を亡くした」

「……！」

悲しそうな陛下の顔に私も息を止める。

「幸いなことに子供が二人いたので寂しくはなかっただろうが、悲しむ姉上の姿は今でも忘れられんよ。そしてあれの、ジュオルノの父が成人してすぐに、まるで伴侶の後を追うように静かに逝ってしまった」

「そんなことが……」

「ジュオルノの父は聡明な男でな、儂も信頼していた。早くに身を固めさせようと結婚を急がせたが、いい娘と出会って幸せそうであった。しかし、ジュオルノの母もまた、ジュオルノを産んで十年もたたずに病で亡くなっておる。そして、あれの父親も同様にまだこれからという歳で逝ってしまった」

陛下の言葉にだんだんと空気が冷たくなっていくように感じた。その表情には悲しみや後悔、いろいろなものが混じっている。

「聖女様。儂は貴女がどう生きるかに口を出す権利はない。自由にしてほしいとは思っている。だが、ジュオルノの家系は短命なのだ。儂はそれが心配なのだ」

ジュオルノを呪っていた赤いあれを思い出す。あれはジュオルノの血脈を呪った悪いなにか。解呪したあと、呪いの主を既になくしていたあれはなぜか家宝の宝石となった。もし、ジュオルノの家族が短命な理由があの呪いだったのならばと考えるだけで心が凍りそうだ。

「大丈夫です！」

私は陛下の不安を吹き飛ばすように明るく大きな声を出した。

「大丈夫です、ジュオルノ様は大丈夫です！」

「聖女様？」

陛下は驚いた顔をしている。私がジュオルノ様の呪いを祈祷で払ったことは陛下は知らないから当然だろう。それに、彼の家系が短命な理由が呪いだけかどうかはわからない。でも、女神様が報復という御業を起こしたのなら、私を助けてくれたジュオルノに祝福が与えられてもおかしくはない。ジュオルノが本当に短命という宿命にあるのなら、私はそれを助けたい。

「私、ジュオルノ様のそばにいたいんです」

彼の気持ちに応えるだけの自信を持って、彼が望むようにそばにいたいと思う。少し時間がかかるかもしれないけど、頑張りたい。

「そうか……それが聖女様の願いというのならば……」

「だから、もう、その、お見合いとかは許してください」

「気が付いておられたのか？」

「…………まぁ」

ジュオルノから聞いたというのは黙っておこう。なんだかそのほうがいい気がした。

「そうか。儂の下心はバレておったか。エレンと聖女様が結ばれてくれればと思ったのだがな。欲深すぎたのだな」

「エレン殿下は素晴らしい方です。でも、私……先にジュオルノ様と出会ってしまったので」

「…………！　そうか、それは、うむ、儂が野暮であったのだろう」

陛下はちょっとだけ笑って、すぐに穏やかな顔になった。

「そうか、そうか。ジュオルノが聖女様を離さないだけではなかったのだな。それならばよいのだ」

安心したような、子供が巣立っていく寂しさを抱えたような優しい顔。

「先に話したように、アレは家族の縁が薄い。儂は姉のこともあり、ずっとあやつが心配だった。聖女様、これは国王としての頼みではなく、あやつの身内としての頼みだ。どうか、ジュオルノを頼む」

「……はい」

まだ気持ちに応える勇気はないけど、ずっと支えていきたいという気持ちは本物だ。

だから、私は決意を込めて陛下の言葉に静かに頷いた。

ジュオルノの屋敷の改築は順調に進み、来週にはジュオルノと一緒にお屋敷に戻れると言われた。

ジュオルノは「確認があるから、一度屋敷に戻ってからまた迎えに来るから」と、心配そうに出立した。もうそれはそれはしつこいくらいに用心するように何度も言われた。

一度離れたときに誘拐されたことがある手前、大丈夫！　と言い切れなかったが、聖女となった今、そう簡単に手を出してくる相手はいないだろうし、お城ではいつも警備の人たちが控えているので、あんなことは二度とないと思いたい。

ジュオルノがいない間はエレン殿下が話し相手になってくださるそうだ。

「絶対に惚れるなとジュオルノに言われているので安心してください」と、あの可愛らしい顔で言われた私の気持ちを誰か察してほしい。

とても、とてもいたたまれないです……。

お城に滞在した間にいろいろなことを勉強することができた。

文字や数字、歴史にまつわることだけではなく、貴族のお作法やつながりも。私が望まない限りはあまり人とかかわることはないけど、知っておいて損はないとビズ先生がいろいろと教えてくれた。

お城の人たちもとても親切だ。私が聖女だからという理由を置いておいても、ときどき触れてしまった際に見えるオーラはみんな善良で、私はとても静かで穏やかな日々を過ごしていた。

――あの方に引き合わされるまでは。

「アイリス様、こちらが僕の姉のマリーです」

エレン殿下とのお茶会にと招かれたサロンには、すらりとした細身の女性がいた。どことなくローザに似た空気をまとった、とてもきれいな人だ。少しくすんだ金の髪をきれいに結い上げ、背筋をぴんと伸ばして私を見ている。

「貴女が聖女様ね？　わたくしはマリー。この国の第二王女にして、エレンの姉よ」

「ごきげんよう、マリー様」

ビズ先生に習ったとおりのお辞儀をすれば、マリー様はふん、と鼻を鳴らすように笑った。

「作法は学ばれていらっしゃるようですわね。聖女様はまだお城での生活に慣れないと聞きましたが、安心しました」

なんとなく敵意のようなものを含んだ棘のある口調。でも、ローザや教会にいた他の貴族出身の巫女たちとは雰囲気が違う。彼女たちは私が同じ立場であることが許せなくて存在を見下すような態度だったが、マリー様はなんとなくそれとは違うなにかに怒っている気がした。

「姉上、聖女様に失礼ですよ」

「なにが失礼だというの？　わたくし、別に失礼なことを申し上げたつもりはないわ」

「言葉づかいではなく態度の問題です……まったく……アイリス様、お気になさらず。どうぞ

座ってください」

「はい……」

ビズ先生に教えてもらった、王家についてのお話を思い出す。

この国は女性にも王位を認めている。王位につく際に未婚であることが条件らしいが、少し前には女王陛下もいたのだとか。しかし候補として最優先されるのは直系の男子である。

だから今の継承権一位はエレン殿下。二位は殿下の七つ年上の第二王女であるマリー様。第一王女は既に公爵家に降嫁なされたので継承権はないが、既にお子を二人産んでいらっしゃるので、彼らが三位と四位。その次がジュオルノ。

最初に聞いたときは複雑さにこんがらがったが、内紛の気配のない今は、エレン殿下が次の王様で間違いないのであまり気にしなくてもいいと言われたんだっけ。

「…………」

私をじっと見ているマリー様の視線は強い。

しかし、きれいな方だ。瞳はブラウンで、やはり顔立ちは王家の方らしく気品がただよっていて整っている。

「マリー様はとってもおきれいな方ですね」

「なっ！」

思わず素直に感想を口にすると、マリー様は顔を真っ赤にして慌てている。なんだかちょっとだけ可愛い。

「ほ、褒めたってなにも出ないわよ！　ご機嫌取りはやめてくださらない？」

「姉上、そんな言葉づかいだからなかなか結婚できないんですよ」

「エレン！　それはまた別問題でしょう！」

怒る様子はなんだか少女みたい。

「あなたも、どうせこんな年まで王女だなんておかしいと思っているでしょ！」

「え、ええ？」

まさかこっちに振ってくるとは思わず戸惑っていると、マリー様は急に目元をうるうるさせはじめる。

「もう二十二歳にもなるのに結婚もできずお城で暮らして……！　どうせわたくしは行き遅れですわ！」

「………アイリス様、姉上はこのように大変めんど……困った性格なのであまり気にしないでくださいね」

「エレン!?　今めんどくさいって言いかけたでしょう!?」

「本当はもっと早く紹介したかったんですが、姉上が嫌がって。僕がアイリス様に最初にお会いしたときも実はそばで様子を見てたんですよ。最後まで顔を出さなかったんです」

「え!?」

「別に嫌がってはないわ！　でも、その……」

さっきまでの元気のよさはどこへやら、急にたどたどしい言葉づかいになり、なぜか私をちらちら見てくるマリー様。

「だって、こんなに可愛い方だとは思わなかったのよっ！」

「か、可愛いって」

まさかこんなにきれいな人から可愛いだなんて言ってもらえるとは思わず、私までわたわたしてしまう。

「聖女様っていうから、てっきりこう、もっと大人っぽい方だと思ったら、とっても可愛くて……もう絶対勝てないじゃない！」

「勝てないって……？」

「……ジュオルノは姉上の婚約者候補だったんですよ」

「!!」

婚約者!?　今、婚約者って言いました!?

目を白黒させて衝撃を受けている私にエレン殿下が慌てて付け加える。

「安心してください。候補というだけで婚約をしていたわけではないので。姉上もジュオルノも王位継承権の順位が高い。無駄な争いを避けられれば、という対外的なものです」

「そうよ！　どうせ目くらましのための偽りの関係だったわよ……!!」

マリー様はそこまで言うと、うう、と机につっぷしてぐずぐず泣き出してしまった。

「マリー様、大丈夫ですか!?」

私はマリー様に駆け寄って背中をさする。その際に見えたオーラはとても明るくてきれいな黄色。ちょっと気は強いけど、まっすぐで素敵な色だと感じた。

「アイリス様、気にしないでください。姉上はなんというか、これまで何回も婚約が決まりかけてはだめになるということが続いて自棄《やけ》になっているんです」

「ええ？」

ぐずぐず泣いているマリー様に代わり、エレン殿下が私にこれまでのマリー様の悲しい婚約騒動を教えてくれた。最初の婚約者候補は伯爵家の跡継ぎだったが、その伯爵家の汚職が判明し没落したために破談。二番目の婚約者候補は武勲《ぶくん》を上げた近衛騎士だったが、実は複数恋人がいたことが判明し婚約までは至らず。そして三番目にあたるジュオルノは、両者がしばらくの間婚約関係の騒動に巻き込まれないための仮の関係。

最近ようやく四番目の婚約者候補が見つかったが、いろいろな事情で顔合わせのタイミングが合わず、いまだに一度も会えないまま。

「それは、なんというか、凄絶ですね……」

「そうでしょう！　わたくしかわいそうなのよ！」

「そのままジュオルノと婚約という話もあったのですが、なんというか二人はあまり相性がよくなくて、お互い納得の上での解消なのですよ」

「でも、さっき勝てないって……」

それはジュオルノのことが好きだから、私が聖女だから勝てないとかそういうことではないの？　とてもきれいなマリー様の顔を見ていると、それこそ私のほうが勝てないのでは、という気分になってくる。

「ああ、その話ですか。あの二人、どちらが相手よりいい相手を見つけるかという賭けをしてましてね」

「賭け!?」

「ああもう！　悔しい!!　聖女様なんて連れてこられたら、わたくし隣国の王太子とでも結婚しなければ勝てないじゃないの！」

「姉上、冗談でも城内でそんな過激なことを叫ばないでください……」

げんなりした顔のエレン殿下と、元気に叫んでいらっしゃるマリー様。私の残り少ないお城での日々は大変刺激的なものになりそうな予感がした。


お茶会での騒動の後、マリー様とはすっかり仲良くなった。「聖女様じゃ堅苦しいからアイリス様でいいかしら？　でもジュオルノはアイリスって呼んでいるのよね、じゃあわたくしもアイリスと呼ぶわ」と一息に言われてしまったときは思わず笑ってしまった。

マリー様は少し素直でないところがあるが、とてもハキハキとした気持ちの良い方で、話していてとても楽しい。振り返ってみれば、女同士でこんなふうに楽しく話すという経験はなかった気がする。

「教会でそんなことが。というか、もっと早く逃げ出してもよかったのではなくて？　アイリスは真面目ねぇ」

「うーん……無事に儀式を終えたらもらえる報奨金目当てだったというのもありますし、それはなんとも」

私とマリー様はエレン殿下抜きで過ごすことが増えた。

今日もいつの間にか私の部屋に来て寛いでいるマリー様とお話し中。マリー様に聞かれるがままに、聖女になったいきさつを一通り語り終えると、マリー様はああでもないこうでもないと突っ込みを入れてくる。

「プロム家のご令嬢と一緒だったのね。それは苦労したでしょう」

「ローザをご存じなんですか？」

「まあね。といっても彼女も十歳で教会に入ってしまったから、顔を合わせたのは数回だけよ。それでも、なかなかに気性の荒い子だった記憶があるわ。プロム伯爵も野心家だし」

ローザのことを考えると少しだけ複雑な気持ちになる。

実際に目にしたわけではないが、腕を失ったローザはどうしているのだろうか。それに髪の色を失ったという他の巫女たちのことも気になってはいるのだ。

教会の粛清や難しいことは気にしてもしょうがないが、彼女たちとは良くも悪くも六年間一緒に過ごした仲だ。仕事を押しつけ、孤児だからという理由で自分を見下していた彼女たち。

主に私を嫌っていたのはローザをはじめとする貴族のご令嬢たちで、商家など平民の人たちは特になにかをしてくることはなかったが、ローザが怖くて追従していたような空気だった。

恨んでいないと言ったら嘘になるけど、全員に仕返ししたいとまでは思っていないのが本音なのだ。孤児院でもっと苦しい生活をしていた私にしてみればそこまで苦しい生活でもなかったし。

「……その顔は、他の聖女候補たちのことを考えているわね？　気に病む必要はないわよ。ローザのことは間違いなく彼女の自業自得だし、他の巫女たちはせいぜい髪の色が変わったくらいのようだし。心配しなくても一応、こまめに確認はしているそうよ。貴族育ちのお嬢さんたちは引きこもってしまっているらしいけれど、普通の生活に戻っている娘もいるというし、女神様だってそこまで残酷なことはしていないと思うわ」

「でも……」

「隠れている子たちはね、自分の悪事に自分で怯えているのよ。些細なことでも恐怖に感じて勝手に怯えているの。結局はなにもかも心の持ちようなの」

「心の、持ちよう？」

マリー様のきっぱりとした言葉は妙に小気味よく心に沁み込んでくる。

「そう。自分の罪を決めるのは自分自身よ。自分が裁かれる側になった途端に怯えているということは、自分に裁かれるだけの理由があると知っている証拠よ。逆に自分に恥じることがないのなら、胸を張って生きていればいいだけの話だわ」

「なるほど……」

「わたくしはアイリスのことが心配よ。あなた、本当に世間知らずというか少しずれているから……ジュオルノが過保護になるのもわかるわ」

「そんなにですか？」

ちょっと呆れたような視線を向けられると情けなく感じてしまう。

マリー様はすごく話を聞き出すのがうまいというか、おしゃべりが楽しすぎてついうっかりといろいろ話してしまった。

さすがにオーラのことは隠したが、ジュオルノとの出会いや屋敷での暮らしについてだけではなく、孤児院で育ったことや教会での扱いを納得するために知らず知らずに自分の気持ちや感情を殺して生きてきたこと。それをジュオルノや周りの人たちの優しさに触れたことで救われたこと。自分のことながらちょっと恥ずかしい。

「話を聞く限り、経験不足すぎて情緒が育ってない気はするのだけれどね。本当に大丈夫？ジュオルノなんかでいいの」

「なんかって、そんな……」

「確かに見た目はいいわよ？　でもアイツってけっこう冷淡なところがあるじゃない。自分の興味のないものはバッサリというか。そのくせ妙に強引で自分の考えは曲げないし」

「そうですか？」

強引で考えを曲げない、というのはなんとなくわかる。

でも、冷淡というのは私が知るジュオルノには当てはまらない気がする。むしろ、すごく情熱的な人だと思うんだけどな。

「ま、話を聞く限りアイリスのことを本気で好きだからめろめろって感じよね」

めろめろ、というなんとも直接的な言葉に顔が熱くなって汗が出そうだ。なんということをさらっと言ってくれるのだろうか。

「真っ赤ね」

「やめてください……」

恥ずかしくて顔から火が出そうとはこのことだ。マリー様はちょっとだけ意地悪な顔でニヤニヤ笑っている。

「でもよかったわ。あいつがわたくしより先に運命の相手に出会えたことは癪《しゃく》に障《さわ》るけれど、本当に大事に思える相手に出会えたのは嬉しいことよ」

「マリー様？」

意地悪な笑みが慈愛に満ちた優しい顔に変わっている。

「ジュオルノはお母様を早くに亡くされているでしょう？　わたくしもだけれど、わたくしにはお姉様やエレンがいたわ。ジュオルノはいつもどこか寂しそうな空気をまとっていて、ずっと心配だったの。婚約の話が出たときもね、恋愛感情なんてちっともなかったけど、ジュオルノがわたくしでいいなら、一生付き合ってあげてもいいってくらいには同情していたのよ？」

ふふ、と笑うマリー様の顔は母であり姉のようだった。

「でもわたくしとジュオルノは友人や家族にはなれてもパートナーにはなれないとわかったからね。婚約しなかったのは当然の結果よ」

二人には二人にしかわからない世界があったのだろう。私の知らないジュオルノを知っているマリー様が少しだけ羨ましい。私とジュオルノは果たしてパートナーになれるのだろうか。

「だからね、ジュオルノに恋人ができてわたくし本当に嬉しいのよ」

「!!　私、ジュオルノ様の恋人じゃないですよ！」

急いで否定した。そこは違う。まだ違う。いや、まだっていうか。うん、違う。慌てて否定していると、マリー様のきれいな眉がきゅっと跳ね上がる。あ、しまった余計なことを言ったと思ったときにはもう遅い。マリー様は身を乗り出してぐいぐいと近寄ってきた。

「え？　あなたたち、もう恋人同士なんじゃないの？」

「違いますよ！」

「あらやだ、わたくしてっきり……まさか、ジュオルノはまだアイリスになにも伝えていないとか？　ヘタレなのあの男」

「いいえ、ジュオルノ様は、その、ちゃんと……」

あの優しい告白を思い出すだけで心臓が爆発しそうだ。私を見つめる溶けそうな瞳や優しい手の温もり。

「アイリス？　どういうことなの？」

隠しごとは許さない、とでもいうようなマリー様の迫力に耐えかねて、私は白旗を上げるほかなかった。そうして、すっかり自分の胸の内を話し終えた私は、マリー様の呆れきった顔を直視できないでいた。

「世間知らずというか、天然とは思っていたけれど、ここまでとは思わなかったわ」

「………すみません」

自分のことながら説明していて、なんというちっぽけな人間なのだろうと思えてくる。ジュオルノに気持ちを告げられたけど、聖女という肩書きしか自分にはないから、応える勇気がないなんて。卑怯にもほどがある。

「アイリス、あなたね」

怒られる気がして身を硬くしたけれど、マリー様は小さくため息をこぼすだけだった。

「もうすこしジュオルノを信じてあげなさい」

「信じる？」

「そうよ。あの男は見た目がいいせいで多少女嫌いなところがあるのをご存じ？」

「…………女嫌い？」

そんなことは一度も感じたことがない。出会ったときからずっと優しかったし、ちょっと強引なところはあったけど紳士的に扱ってくれている。

驚いている私にマリー様は、ジュオルノ様があの外見のせいでどんな苦労をしてきたかを切々と語ってくれた。

幼いジュオルノ様は今のエレン様に輪をかけた天使のような容姿で、すれ違う誰もがうっとりと振り返るほどだったという。初めて社交の場に出たときは、その美しさに目を付けた同じ年頃の娘を持つ貴族の親たちに取り囲まれ、お茶会へのご招待とは名ばかりのお見合いを毎日のようにセッティングされ、あげくにジュオルノを巡って幼い女の子たちが喧嘩を始める始末。婚約を願う釣書はうずたかく積みあがり、年頃になると寝室にこっそり忍び込もうとするご令嬢までいたのだとか。考えるだけでぞっとする状況だ。

「だからジュオルノは身を守るために王城で暮らしていた時期があったのよ」

王城に身を置き、自分で身を守るために騎士の道を選び、身体を鍛えはじめると今度は端整で落ち着いた美青年に。その姿に熱烈な想いを抱く女性は増える一方で、幼いときとは違った意味で大変な思いをする羽目に。結果、同じころに婚約関係でぐったりしていたマリー様と組んで騒ぎを収めることになったのだとか。

話を聞いているだけで疲れてしまった。ジュオルノはそんな経験を経て「女性は怖いし、めんどくさい」という態度を貫いていたそうだ。

私にしてみれば、それ本当にジュオルノの言葉？　と少しだけ疑ってしまうのだけれど。

「アイツ、わたくしにアイリスのことをどう言ったと思う？　言うに事欠いて『僕は運命の女性に出会った。一生をかけて彼女を守る』って言ったのよ」

「なっ！」

その言葉がジュオルノの声で脳内再生されてしまい、私は恥ずかしさで死にそうだ。

「続けてこうも言ったわ、『彼女を守れるだけの立場に生まれたことを感謝しているよ』ってね。私てっきりなにか弱い立場のご令嬢にひと目ぼれしたのかと思ったわ。ところがふたを開けてみれば相手は聖女様。王家かそれに準ずる家で守る必要がある。つまり自分の立場を利用してアイリスを囲おうとしているのはジュオルノのほうなのよ」

「囲うって」

「事実よ。アイリス、アレこそあなたが聖女であることを利用している悪い男よ」

くすっ、とちょっと意地の悪い笑みを浮かべるマリー様。ジュオルノが私を囲う？　利用する？　意味が理解できなくて混乱していると、マリー様はまた小さなため息を吐いた。

「ある意味、お似合いよあなたたち」

「そ、そうですか？」

「そうよ。いいじゃない。せっかく聖女になったのだから、その立場をたっぷり利用なさいな。好きな男をなんの問題もなく手に入れられるのよ？　喜ぶところよ、そこは」

「ええええぇ」

マリー様の容赦のない言葉の爆弾に私はのけぞりっぱなしだ。立場を利用するなんてこれまでの人生にはない価値観なので考えもしなかった。

「わたくしなんてね、王女なのに婚約ひとつ思うとおりにいかないのよ？　わたくしにしてみれば好きな男に好きになってもらえて、結婚するにも問題ない立場にあるアイリスが羨ましいわ」

「マリー様……」

「いろいろと考えすぎなのよ。育った環境が大変だったからすぐに気持ちを切り替えるのはむずかしいでしょうけれど、ジュオルノに本気で惚れられてしまった事実をさっさと受け止めて、素直に幸せにおなりなさい」

ふふ、と優しく笑うマリー様は本当にきれいで素敵な女性だ。私こそマリー様には心から幸せになってほしいと思う。

用事があるからと戻るマリー様が部屋を出るときになって、なにかを思い出したように振り返って私を見た。さっきまでの穏やかな顔と違う真剣な顔。

「アイリス。用心するのよ？　聖女である貴女の価値はアイリスが考えている以上にすごいものなの。加護だけではない、それ以外でもね。女神様の報復を軽く見ている狼藉者《ろうぜきもの》が現れないとも限らないわ。わたくしもエレンも、ジュオルノに殺されたくないからなるべくそばにいて差し上げるけど、自分でもしっかり気を付けるのよ」

「殺されるって、ジュオルノ様はそんなことしませんよ」

「いいえ。恋に狂った男は怖いというわ。しかもあのジュオルノよ。ああ恐ろしい」

芝居がかったマリー様の態度につい笑ってしまった。口ではけなしていても家族だから大事に思っているのが伝わってくる。

「マリー様ってジュオルノ様のことをよくご存じなんですね」

「子供のころから一緒にいたからね。あ、嫉妬なんて必要ないわよ。わたくしにとってジュオルノは親の違う弟のようなものなの。だからこそ憎たらしいのだけれど」

本当にお姉さんみたいだ。微笑む姿は少女のようであり、頼もしい姉であり、ちょっとだけお母さんみたい。口に出したら怒られるかな。

「だからわたくしとしては早くジュオルノとアイリスには落ち着いてほしいのよ。そうしたら存分に妹として可愛がれるでしょう」

「！」

「またね、アイリス」

まるで大輪の花のように優雅に微笑んでマリー様は去っていく。それを見送りながら、私は胸の奥がくすぐったくて仕方がなかった。

教会から逃げて、聖女となってお城に来て、この短い間にいろんなことがいっぱいありすぎて混乱している。でも、いつだって私の周りに優しい人がたくさんいて。

少しだけ、素直に甘えてもいいのかなって思えた。

ジュオルノから明日の夜には戻るとの手紙が届いたのはその日の夕刻だった。

彼は毎日手紙をくれる。返事が追いつかないくらいだけど、私はせっせとその日にあったことを報告した。主にマリー様との楽しい会話だけれど。

「これをお願いします」

「かしこまりました」

手紙をメイドさんに託す。届くのはジュオルノが向こうを出る前か、すれ違いになってしまうかもしれないけど、どうしても返事を書きたかったのだ。

ジュオルノに出会えたおかげで、私は幸せですって伝えたくて。ちょっとだけふわふわした気持ちになって、部屋の窓から庭を眺める。さすがお城のお庭だ。豪華できれいで整然としている。

ふと、庭を一人でふらふら歩いているご令嬢の姿が目に留まる。おぼつかない足取りでまるで彷徨《さまよ》うかのように歩くその姿は不安を感じさせるものだ。夕日に照らされた金色の髪と一瞬だけ目に入った横顔に私は息を呑んだ。

「ローザ!?」

遠目だが背格好もあまりに似ていた。私は窓に張りついて彼女を目で追うが、おぼつかない足取りのままにその姿は庭の奥へと消えていく。

まさか、そんな。ローザは手を失ったと聞いていた。彼女の手はあっただろうか。よく見えなかった。私は慌てて部屋を飛び出す。

扉の前にいた護衛の兵士たちが慌てた様子で私を呼び追いかけてくるが、今は振り返っている余裕はない。

道に迷いながらも庭に出た。

さっき彼女を見かけた場所まで来てみたが、どこにも姿はない。夕日に照らされたオレンジ色の庭の中で私はぽつんと立ちつくす。

仮に彼女がローザだとしたら、私は彼女に会ってなにがしたいのだろうか。

謝る？　いったいなにを謝ればいいの？

怒る？　もう彼女は私が怒るまでもなく大きな代償を払った。私がぶつけるべき怒りはもうどこにもない。

なにを話したいの？　私が聖女に選ばれたことで幸せになったと告げればいいの？

自分の気持ちの答えを見つけられず、私は呆然とする。

「戻らなくちゃ」

庭に出るまで道に迷ったせいか計らずも撒《ま》いてしまったようで、護衛の兵士たちは私にまだ追いついていない。早く戻らないと心配をかけてしまう。私はのろのろと歩き出そうとする。

しかしその私の前に誰かが立ちふさがった。

夕日が逆光になり、顔の見えない黒い影。それがつい先日のあの出来事と重なって血の気が引いた。

「ひっ……！」

叫ぼうとする前に、大きな手が私の腕を掴んだ。骨ばった感触で大人の男性だとわかる。そして目に入るのはその表情ではなく、冷え冷えとした鉛色のオーラ。憎しみと嫉妬と憤怒《ふんぬ》。純然たる怒りに染まったそのオーラははっきりとした敵意として私の視界を染めた。

「白い髪っ！　お前が聖女か……！」

絞り出したような声音は怒気を孕《はら》んでいる。

腕を引かれてよろめいたので立ち位置が変わり、ようやくその人の顔を見ることができる。見たことがない男性だった。目の下にはくっきりとしたクマができていて、頬はこけていた。疲れ果てたような苦しそうなその表情に、恐怖とは別の気持ちが混じった。

「あ、あの」

「なぜだ。なぜ私の娘が腕を失わなければならぬ!!　聖女だというのならば娘を治せ!!」

娘、腕、という単語にさっきまで私が考えていた彼女の姿が浮かんだ。男性の顔にはどことなく面影がある。

「あなた、ローザの……！」

「お前がいたせいで娘が聖女になれなかったばかりか、憐れにも娘は腕を失ったのだぞ！」

「っ！」

ローザの父親という男性はすごい剣幕で私に怒鳴る。

怒りに染まっているオーラに僅かに明るい色が混じった。それは娘、ローザへの想いだろう。

「あの子は、あの子は私の可愛い娘なのだ！　治せ!!」

「痛っ！」

摑まれた腕が痛い。強く引っ張られて身体がよろめく。怖い、痛い、助けて。

「おやめくださいお父様!!」

柔らかな声がして、小さな身体が私とローザの父親の間に入り込む。私を摑んで離さない大きな手を必死に押さえ外そうとしてくる手は小さく柔らかい。その手から見えたオーラは優しい薄紅色をしていた。今は不安に染まっている。

「離せリリィ！　こやつがお前の姉を苦しめたのだぞ！」

「それは違いますお父様！　この方は聖女様、そのようなこと、言ってはなりません！」

小さな身体が私を必死に解放する。リリィと呼ばれた少女は私より頭ひとつ小さく、まだ幼い。横顔は驚くほどにローザに似ていた。ただし、瞳の色は彼女が必死にすがりついている父親と同じアイスグレーだ。

「申し訳ありません聖女様。父がこのような無礼を働くとは思っていなかったのです……！」

涙声の叫びに胸が痛む。彼らのオーラから共通して感じられたのは、誰かへの深い愛と不安だ。その相手はきっとローザだと考えなくてもわかった。

「なぜだ！　この娘のなにがローザに勝ったというのだ！」

叫ぶ声に兵士たちが集まってきた。リリィの表情に怯えが混じる。

「大丈夫ですか聖女様！　捕らえろ、狼藉者だ！」

「や、やめてください！」

彼女たちを捕らえようとした兵士たちを思わず止める。その声に怒鳴っていた父親も言葉を止めた。リリィが不安げに私を見ている。

「彼らは私の知り合いです。どうか捕らえないでください」

「…………！」

なにが正解なのかわからない。でも、彼らの話を聞くべきだと感じて、私はじっとこちらを見つめている瞳を見つめ返した。

そのまま無罪放免というわけにはいかず、私たちは警備のために兵士たちが控えた応接間に移動した。

やたら座り心地がいい高級そうな椅子に座らされた私と少し距離を離した場所で並んで立っているのは、ローザの父親であるプロム伯爵と、ローザの妹のリリィという少女だった。

自分一人だけ座っている状況がいたたまれないが、周りの空気は私に立つことを許さない。おろおろとしている私に、怯えたようにリリィが頭を下げながら謝罪を繰り返している。

「申し訳ございません聖女様。父に言われるがままに庭にいたのですが、まさか聖女様を探すためとは知らず。本当に失礼なことをいたしました」

僅かに震えた声。リリィは私が出会ったころのローザにとてもよく似ている。けれど、ローザのようなつんとした空気はなく、どちらかといえば楚々《そそ》とした柔らかい空気を感じる少女だ。今は怯えからか恐怖からか、今にも掻き消えてしまいそうな空気を纏っている。対するプロム伯爵は私への敵意を隠そうともしない顔だ。睨みつけてくる顔はどこまでも厳しい。

「お父様も、早く聖女様にお詫びを。私たちのしたことは決して許されることではありません」

「……………」

プロム伯爵は苦虫を噛みつぶしたような顔をして私を睨みつけたままだ。

背後に控えている兵士さんがガチャリと剣を鳴らしたが、変わりなしだ。

意地ともいえるようなプロム伯爵の態度は気にかかったが、その横で消えてしまいそうに震えるリリィのことのほうがずっと気になった。

「無理に謝らなくても大丈夫です。それよりもなぜこんなことを？」

問えば、リリィは隣の父親をちらりと見て少しだけ迷った後に、か細い声で話を始めた。

私には知らされていなかったが、ローザはいまだに眠り続けているのだ。本来ならば儀式を汚《けが》したローザには重い罪が科せられ、場合によっては極刑もあると言われていたが、神官長や男爵のこともあり、国からは女神様が行った報復以上はなにもしないことが決まったらしい。

しかし教会からは規律を乱した存在として廃棄巫女の烙印を押されたそうだ。そうなってしまえば、女神様を信仰するこの国で真っ当に生きていく術はない。たとえ目が覚めたとしても一生日陰暮らしだ。リリィはせめて廃棄巫女の烙印だけは撤回してもらうよう嘆願に来たのだと聞かされていたという。

「姉のしたことは許されないかもしれません。それでも、私たちにとっては大切な家族なのです。どうか、どうかお許しください聖女様」

廃棄巫女、という言葉に胸が苦しくなる。それはもともと私が押されるはずだった烙印だ。教会の規律を乱し、女神様に背を向けたという教会からの烙印。

目に見えるものではないが、女神を信仰するこの国でそれが人に知られれば暮らしは苦しいものになるだろう。貴族となればなおのことだ。

「聖女様」

震えるリリィの声や表情は必死だ。

私に怒りを向けたプロム伯爵のオーラにはローザへの愛情も混じっていた。娘を救ってほしいと訴える気持ちは間違いなく本物なのだろう。

「私、は」

「そこまでよ！」

私が口を開きかけたとき、ばんと大きな音を立てて応接間の扉が開いた。

「マリー様！　エレン殿下！」

颯爽《さっそう》と登場したマリー様と、それに続くエレン殿下の姿にリリィとプロム伯爵の顔色が変わる。二人とも飛び上がるように向きを変えると、慌てた様子で頭を下げている。

「プロム伯爵、謹慎処分中のはずだ。なぜここに？」

いつもとはまったく違う冷たいエレン殿下の声。プロム伯爵は真っ青な顔をして頭を下げたままだ。マリー様はそんな二人を無視して私のそばに駆け寄ってくる。

「アイリス！　大丈夫だった？」

「マリー様。大丈夫です、特になにかあったわけではないので」

腕を摑まれたがそれだけだ。黙っておけばわからないだろう。だが私の隣に立ちじっとこちらを見ている瞳は大変疑わしげだ。

「…………ほんとう？」

「…………本当です」

「ならいいわ。そういうことにしておきましょう。エレン、早くこちらにいらっしゃい」

マリー様の手招きに応じてエレン殿下は冷たい表情のまま私の隣に立った。王子様が立っているのに私が座ったままだというのが気になってエレン殿下をちらちらと見るが、いつもの穏やかな笑顔はなくて声がかけにくい。

「あの、エレン殿下」

「聖女様はどうぞそのままで。この場で一番地位が高いのは貴女です。この者たちとの話は僕の仕事です」

にっこりと、しかし反論を許さない笑みだ。マリー様が小声で「任せておけばいいのよ」と囁いた。エレン殿下はじっとプロム伯爵たちを見つめていた。年下とは思えない迫力に私は居心地が悪くなってきて、変な汗が出てきた。

「プロム伯爵、まずはどういうことが起こったのか説明してもらおうか」

「………………」

プロム伯爵の顔色は悪い。ぶるぶると震える姿は見ているこちらの心臓まで締めつけてくる。リリィなど失神してしまうのではないかと思うほどに顔色を失くしている。

「お、畏れながら王太子殿下」

「君には発言を許可していない」

「っ！」

リリィがエレン殿下の厳しいひと言に息を呑む。

「発言をしないということは、こちらに都合よく解釈していいということだなプロム伯爵。謹慎中の登城、聖女様への無断接触。あまつさえ危害を加えようとしていたとの報告もある。お前の首ひとつで済む罪ではないことを理解しているのか」

「も、申し訳ありません‼」

こらえきれないように、プロム伯爵が床に膝をついた。リリィもそれにつられて倒れるように床に崩れ落ちる。とっさに駆け寄ろうとした私をマリー様が制した。

「殿下、違うのです。私はただ、娘を、ローザを救っていただきたく、聖女様にお願いを……！」

「それが真実ならばまずは訴状なりで許可を求めるのが先であろう。聖女様は国でお守りすべき存在。たとえ国王であっても軽々しく会える方ではないのだぞ」

「そうよそうよ」

私の横でマリー様がエレン殿下に声援を送っているが、この二人にしろ陛下にしろ私にすごく気軽に会いに来ていると思うのだけれども。

「し、しかし、たとえ私が訴状や懇願したところでお許しは出ないでしょう‼　ならば実力行使に出るしか道はないではありませんか!!」

「そもそもそれだけのことをしたとの自覚があるのか？　お前の娘は儀式を汚した。そしてお前も。本来ならば既にお前の家など取り潰しになっていてもおかしくはないのだ。それを謹慎で済ませていたというのに」

そうなのか、と私がぎょっとしていると隣のマリー様も大仰《おおぎょう》に頷いていた。

この国での聖女というのはどこまで権力のある存在なのか。自分の立場が怖くなった。

「それとも、お前は家が取り潰しとなっても娘が助かるならばいいと？」

プロム伯爵が強く拳を握りしめたのがわかった。伏せた顔は見えないが、苦しんでいるのはわかる。隣のリリィも泣きそうだ。父親にすがりたいが、王子と王女がいるこの場では動くことすら許されないのを知っているのだろう。床に座り込んだまま、細い肩を震わせていた。

「お前たちへの罰を軽くするように言ってくださったのは、他の誰でもない聖女様だ。その温情すら無視してこのような狼藉を働くとはな」

私そんなこと言いました？

確かに教会での出来事を聞いて怖がった私に、陛下やジュオルノは神が与えた以上の罰は与えないと言ってくれた。

それが温情だとは思えない。私が世間知らずなだけで、陛下たちに決断を丸投げしただけだ。

「この件は追って沙汰《さた》を言い渡す。ただで済むとは思わないことだ」

「エ、エレン殿下！」

急に声を上げた私に、エレン殿下やマリー様だけではなく、泣きそうな顔をしていたリリィまで驚いた顔になる。プロム伯爵だけは頭を下げたままなので、表情はわからない。

「あの、すこし、よろしいです、か」

全員の視線が自分に集まるのが落ち着かない。

しかしここで黙ったままでいるのは嫌だった。このまま黙っていたら、私はお飾りの聖女だと自分で認めたことになるような気がしていた。

彼に、ジュオルノの想いに応えることができるだけの存在になりたいなら、ここでなにもしないのは違う。

「どうぞ」

エレン殿下が優しく促してくれる。まるでそれを待っていたかのように。その瞳は意地悪なふりで優しいことを言うときのマリー様とそっくりで、ああ、殿下はわざと悪役をしてくれたのだとすぐにわかった。本当に私の周りは優しい人たちばかりだ。

「プロム伯爵様」

マリー様が視線で〝様〟は不要だと言いたげだったが、気が付かないふりをした。

「…………」

「私はローザになにか報復をしたいと願ったことはありません。彼女が眠ったままでいるというのならば、目覚めてほしいと思っています」

リリィの表情がわずかに和らぐ。プロム伯爵の表情は凍りついたままで感情は読めない。色のない瞳がじっと私を見ていた。

「今回の様々な件は、私の勝手な行動が招いた部分もあると思っています」

私が教会から逃げ出さずに儀式に出ていれば、少なくともローザの腕は失われなかったかもしれない。私の不在が招いた惨事ではあったのだ。目をそらしていたがそれは事実。

「私でお役に立てるかはわかりません。でも一度、ローザに会わせてください」

「アイリス!?」

声を上げたのはマリー様だ。そこまでする必要はないという顔をしている。確かに私がローザのためになにか行動をするのはよくないことなのかもしれない。

でも私は嫌なのだ。このまま自分が聖女であることに甘えて、他のことから目を背けるのは。私が聖女になったことで起こった政治的な出来事や、神官長や男爵のことは私にはどうすることもできない。

でも、あの六年間、聖女候補として過ごした日々、私は彼女たちになにも伝えなかった。怒りも悲しみも理不尽さも当然だと受容した。

それが彼女たちを傲慢にさせたのかもしれないと今になって考える。

優しくされると、大事にされると、そこに甘えてしまいたくなる。私は甘えるのは下手だけど、それが当然になってしまうのが人の弱さだと思う。

だって、今の私は迷いがあるけど幸せで大事にされて、彼女たちのことは忘れているときだってある。傲慢で上から目線と思われるかもしれないけど、やはり知った以上はなにかしたい。だって、困っている人を見過ごすことは居心地が悪いのだもの。

「聖女という肩書きにまだ実感はありません。私になにができるのかもわかりません。でもローザが目覚めない理由が女神様にあるというのならば、私は助けてあげたい。他のことはわかりませんが、彼女に一度会ってみたいです」

はっきりと告げると、マリー様は不満そうだがなにも言わなかった。私の意思を汲んでくれたのだろう。

「本当に……娘を助けていただける、と？」

「助けられるかどうかはわかりません。でも、なにかしないと私だって嫌なんです」

プロム伯爵の表情が少しだけ緩む。泣いているような怒っているような。隣のリリィは嬉しそうだ。

「聖女様、ありがとうございます。ありがとうございます」

リリィは泣きながら感謝の言葉を伝えてくれるが、正直申し訳なくなる。まだなにもしていないのだ。どうなるかもわからない。

「エレン殿下、今回は私に免じて彼らのことは許して差し上げてください。家族を思う気持ちというのは誰だって特別で強いものなのですから」

私にはこんなに大事に思ってくれる家族はいない。

教会で巫女勤めをしているときも、誰かが誰かを救ってほしいと願うもののほとんどは家族からの嘆願だった。

ザックのように母を思うもの。プロム伯爵のように娘を思うもの。

それはどんなに望んでも手に入らない眩しい感情。無下にするのは嫌だった。

「聖女様がそうおっしゃるのなら…………プロム伯爵、聖女様の温情に感謝することだ」

エレン殿下は仕方がない、と言いたげにプロム伯爵に伝えた。

しかしその横顔は安堵しているようでもあった。たとえ役目だとはいえ、人を裁いて罰を与えるというのは楽しいことではない。

「……深く、深く感謝いたします…………」

プロム伯爵が頭を垂れた。まるでうずくまるように額を床にこすりつける。それが娘を救ってもらえるかもしれないという安堵からくるものなのか、処罰を免《まぬか》れた放心なのかはわからなかった。

「あ、えっと、今すぐに、というわけにはいきません。勝手には、出歩けないので」

きっとここで勝手にローザのもとに行ったらジュオルノに怒られる。絶対だ。

「数日のうちに必ずローザの様子を見に行くことを約束しますから」

必ず、と約束して安心した様子のリリィと挨拶を交わし、応接間を出る。エレン殿下が悪いようにはしないと約束してくれたので信じて任せることにした。

マリー様と一緒に自室に戻り、中に一歩入ると、気の抜けた私はぐったりと床に座り込んでしまった。今更ながらに恐怖とか緊張とかごちゃごちゃした感情で眩暈《めまい》がした。

「大丈夫!?」

私を引き起こしながらマリー様が慌てている。大丈夫、と返しながらも足が震えて上手く立てない。

「やっぱりアイツら、今からでも牢屋にブチ込みましょうか?」

きれいな顔でとんでもなく過激なことを言うマリー様に私は苦笑いを返した。

本当に私の周りは優しい人ばかりだ。

ソファに座らせてもらうと少しだけ落ち着いた。

「いいんです。今になってやっと聖女扱いされている事実を実感したというか。これまでは現実みがなかったんですけど、いろいろとびっくりして」

あの場ではずっと我慢していたが、やっぱり怖かった。聖女様と呼ばれ人に頭を下げられる。まるで私が私ではないような感覚。教会で巫女として祈祷しているときに私に膝をつく人もいたが、あれは女神様への敬虔《けいけん》な態度だと思っていたから平気だった。私自身にはなんの価値もないと思っていたから。

「貴女、本当にお人よしね。自分をいじめていた相手を助けたいだなんて」

「……ローザのためだけじゃないですよ」

これは自分のためでもあるのだ。知ってしまった以上、罪悪感を知ってしまったからには残してはいけない。

「でも偉いわ。ジュオルノに相談するのでしょう？　もし黙って行ってごらんなさい、怒るか拗ねるか……とんでもなく面倒臭いことになっていたわよ」

笑ってしまった。私の勝手を知って拗ねるジュオルノの顔がはっきりと思い浮かんだから。

そして気が付く。私の行動の根幹が既にジュオルノ基準になっていることに。

「お腹も空いたでしょう？　早く食事をしてもう休みましょう」

窓の外は真っ暗だ。空腹よりも眠気がひどい。疲れ果てている気分だ。対話ではなく、誰かの前に立つような形で話すというのは非常に疲れると、嫌というほど実感した。

私も先代様のように、誰かの前に立つようなことはなく、静かな日々が過ごしたい。そんな私の未来予想図で隣にいるのはジュオルノであってほしいと改めて強く思う。

翌日、ビズ先生の授業も上の空で、私はそわそわとずっと落ち着かない。

ちらちらと窓の外を見る私にビズ先生も苦笑いで、今日はここまでにしておきましょうと言ってくれた。だからといって時間はまだあり余っていて、待つ時間がこんなに長いとは知らなかった。手慰みに裁縫でもと思ったが、思い切り針で指を刺してしまいメイドさんたちに取り上げられてしまった。

離れていたのは数日なのに、まさかこんなに恋しい気持ちになるなんて思わなかった。

ふわふわと地に足が着いていない気分だ。マリー様の言葉で素直になってもいいかもしれないと思い、プロム伯爵とのやり取りで私はいつだってジュオルノのことを考えていることに気が付いて。卑屈だった気持ちが少しだけ前向きになった気がする。

まだ素直に彼の想いに応えるには勇気が足りないけれど、もう少しだけ自分の気持ちを素直に伝えてもいいかもしれないと。

聖女としてなにをすべきかはまだわからない。ローザのことに向き合うことができれば、少し変われるような予感がした。

なんだか胸がいっぱいでなかなか進まない昼食をようやく食べ終え、苦しいお腹を抱えながら部屋に戻ろうとしたときだった。

「アイリス！」

私を呼ぶ優しい声。振り返れば廊下の向こうにジュオルノがいた。

変わらないその笑顔に胸の奥が締めつけられるような、くすぐったいような温かな気持ちが膨れ上がる。

「ジュオルノ様」

勝手にほころぶ口元が彼の名前を呼んだ。

ジュオルノはそれに応えるように目を細め、私の前まで来ると立ち止まって私の手を優しく握った。

ああ、私やっぱり彼が好きだ。私を見つめる蕩けそうな青い瞳も優しい笑顔も全部好き。

再会できたことが嬉しくて、泣いてしまいそうなくらい、彼が好き。

「ずいぶん早かったのですね」

「ああ、君に早く会いたくてね」

「もう！」

恥ずかしいのは変わらないけど、素直に嬉しいと思えてしまう。

触れる手は温かく、見えるオーラは相変わらずきれいで、そして花びらだって健在だ。今は顔を見ていたいからオーラの存在には消えていてもらうことにする。

ジュオルノは屋敷の改装が終わったことや、街の騎士団の団長は続けるものの、私の護衛が最優先の王命だということもあり、実務は後任に引き継ぎしてきたことを話してくれた。

私のために騎士を辞めることになるのかとハラハラしていたが、そうではなかったことに少しだけ安心する。

エルダさんたちが早く私に会いたがっていたという話も私の心を浮き上がらせた。

「僕がいない間になにかなかった？　怪我は？」

「心配性ですね……」

変わらぬ態度に笑ってしまうと、ジュオルノは少しだけ拗ねたような顔になる。

その顔は私が想像したとおりの顔でますますおかしくなってきた。

「アイリス？　なんだか雰囲気が変わったね……まさかとは思うけどマリーの影響じゃないだろうね」

「あら、マリー様とはとても仲良くさせてもらってますよ」

「やっぱり！　マリーの言っていることは半分くらい聞き流せばいいんだ」

ジュオルノがマリー様のことを話すときの顔は少年みたいだ。困ったお姉さんを思うエレン殿下にそっくり。

「仲がよろしいんですね、マリー様と」

「マリーと？　やめてくれ、これは腐れ縁というやつだよ」

「そのとおりですわ」

ジュオルノの言葉に応えたのはいつの間にか現れたマリー様だ。

扇《おうぎ》で口元を隠し、ちょっと細まった鋭い視線でしっかりとジュオルノを見ている。

「ごきげんようジュオルノ。ずいぶんとお早いお戻りですこと」

「可愛いアイリスが君と親交を深めていると知ってね。なにを吹き込まれるかわかったものじゃないから急いで帰ってきたんだ」

「まああ！　ひどい言い様ですこと！　ごらんなさい、アイリス。これがこの男の本性よ！」

私をはさんで口論めいたやり取りを始めるジュオルノとマリー様。

なんだか二人はとってもよく似ている気がしてきた。困るしどうしていいかわからないけど少しだけ微笑ましくなってしまう。

どちらに付くべきか迷っていると、はぁ、と大きなため息が聞こえた。

「二人とも、アイリス様が困っていますからやめてください」

間に入ってくれたのはエレン殿下だ。私に向かって少し申し訳なさそうに微笑んでから、ジュオルノから私を引き離すように腕を引いてくれる。

「「あ！」」

ジュオルノとマリー様の声が重なる。私はするりとエレン殿下の腕の中。年下で私と背格好はほとんど変わらないのに、しっかりした身体つきはやっぱり男性なのだなぁと感心してしまう。にっこりと微笑む顔はジュオルノによく似ている。

「そんなに二人で喧嘩したいのならばアイリス様は僕がもらいますね」

「エレン！」

ジュオルノが慌てた様子でこちらに来るが、エレン殿下はまるでダンスでも踊るように私を抱えたままくるりと回った。

「聖女様を挟んで口げんかをするような人たちにアイリス様は任せられませんよ」

ちょっと意地悪な口ぶりや笑い方に、やっぱりエレン殿下はマリー様の弟なんだなぁと感じて私も笑ってしまった。

「アイリス様?」

「ふふ、エレン殿下がマリー様に似ていたものですから、つい」

「姉上に? やめてください」

「ちょっとエレン、どういうことかしら?」

今度は怒ったマリー様がエレン殿下に近寄ってくる。二人を避けるようにエレン殿下とくるくる回っていると、私はなんだかおかしくて、本当に心から楽しくなって笑ってしまった。声を出して笑うなんて生まれて初めてじゃないかと思う。ああ、これが幸せな日常というものなのかもしれない。

怒って喧嘩ができる家族がいて、好きな人や愛しい人がいて、優しくて暖かい場所。目尻に滲んだ涙は笑いすぎたせいだってことにしておきたいくらいに幸せ。

その後、ひとしきり笑って落ち着いた私は、エレン殿下やマリー様を交えジュオルノがいない間のことを報告した。プロム伯爵とのことを報告したとき、ジュオルノの顔がとても怖かったけれど、私の決断に反対することはなかった。

「アイリスが決断したことなら僕は反対しないよ。僕が戻るのを待っていてくれたんだからね」

彼を待っていたことが功を奏したらしい。

屋敷に戻る日を先延ばしすることにはなるが、ジュオルノが同行する形でローザに会いに行くことが決まった。

「一応、陛下には僕から報告しておきましょう。護衛の兵士も付けることをお許しください」

「私のほうは構いません。わがままを言っているのはわかっていますから」

「この程度をわがままだなんて思いませんよ。姉上に比べたら普通ですよ」

「いちいち嫌味を言わないと発言できないのかしら！　ああ、可愛くない！」

マリー様は怒っているけれど、それは本気ではないし、エレン殿下だってそれをわかって軽口を叩いている。家族や兄弟というのはこんなにもあけすけなやり取りができるのかと、見ていて温かい気持ちになってしまう。

「わたくしも同行したいけれど、さすがに仰々しくなるから我慢しておくわ。ジュオルノ、アイリスをしっかり守るのよ。プロム伯爵が本当に娘のことだけを考えているかなんてわからないのだから」

「言われなくてもわかっています」

そしてマリー様とジュオルノのやり取りも同じだ。三人は兄弟姉妹同然なんだろう。

「アイリス、こんな性格の悪い男たちなんて放っておいて、わたくしと仲良くお茶にしましょうよ」

「マリー……それはようやくアイリスと会えた僕への嫌がらせですか」

「あらよくわかったわね」

「本当に怒りますよ」

「姉上、ちょっと度が過ぎますよ。久々に話せてうれしいのはわかりますが、あまり口が過ぎるとアイリス様が怖がります」

「え、あ！　アイリス、ごめんなさいね。つい。コイツが貴女を独り占めするかと思うと悔しくて」

「ふふ、いいんですよ」

むしろ三人の会話をずっと聞いていたいくらいだ。

「アイリス、僕はよくない」

むす、と拗ねたジュオルノの顔が嬉しいだなんて私はどうかしてしまったのかもしれない。

「まあまあ。ジュオルノ、一応報告はここまでです。さあ姉上、これ以上二人の邪魔をするとまた婚期を逃しますよ」

「エレン！　ああもう、わかったわよ。ジュオルノ、アイリスを独り占めしたら許さないからね！　またね、アイリス」

騒がしく去っていく二人を見送ると、本当に二人きりだ。さっきまでは楽しいばかりだったのに、急に静かになったせいでちょっと恥ずかしくなる。

「アイリス」

「はい」

私を呼ぶ彼の声はいつも優しい。

「僕がいない間に危険な目に遭っていないかと心配してたけど……無事で本当によかった」

「みなさん、とてもよくしてくれて十分すぎるほどです」

本当に。不満なんてなにひとつない。強いて言うならジュオルノがいなかったことくらいなのだが、それを口にする勇気はない。

「そうか。僕のほうは君がいなくて寂しかったよ」

顔が熱くなる。ジュオルノはさらっと恥ずかしいことを口にしてくれるから、本当にずるいし意地悪だ。恥ずかしさで俯いてしまった私にジュオルノは少しだけ笑った。

それからいろんな話をした。お屋敷ではエルダさんたちが首を長くして私を待っていることや、私の部屋を用意してくれたこと。マリー様との因縁や婚約についてのあれこれ。ジュオルノとこんなふうに話せるのが本当に楽しい。

話がいち段落すると、不意にジュオルノの表情が真剣なものになった。

「もっといろいろと話をしていたいけど、まずは聞いてほしいことがある」

ジュオルノがなにかを取り出した。布にくるまれた小さな塊《かたまり》。机の上に置かれたそれは、見覚えのある物だ。

「これ、あの宝石……！」

赤く輝くその宝石は、忘れもしないジュオルノと出会ったとき、解呪によって現れたものだ。

「ファルゾーラが僕のところに持ってきてね。この石がなんなのかを教えてくれた」

「これは宝石ではないのですか？」

「宝石ではあるんだが…………アイリス、落ち着いて聞いてほしい。黙っておくことも考えたが、君に隠しごとはしたくない」

真剣なジュオルノの声と雰囲気に私は息を呑む。きっとこの石は私にとってもよくないものなのだろう。でも彼は隠さないで話したいと言ってくれた。ならば向き合わなければならない。

「わかりました。お聞きします」

私の返事にジュオルノは少しだけ迷うような表情をした後、赤い石をじっと見つめ、静かに告げた。

「この石は、女神様の報復により生まれたものだ」

ジュオルノの言葉が一瞬理解できず、宝石とジュオルノを交互に見つめる。

女神様の報復？　それは聖女を苦しめた者たちに与えられると言われているあの報復のことだろうか。

「これは一見宝石だが、ファルゾーラの鑑定によれば一般的な鉱石とは違うことが判明した。そして古い文献やいろいろな資料を調べたところ、女神様の報復とされる惨劇でこのような赤い石が発生したという記述が見られたそうだ」

いくつかは極秘に持ち出され、あちこちで怪しい研究に使われているらしい。

それこそ罰当たりで報復を受けそうな気がするが、魔術師という人たちはそういう研究が生きがいなのだとジュオルノは教えてくれた。

「ファルゾーラは昔それを見たことがあってね。これがよく似ていることに気が付いて、ってをたどって確認してくれたんだ。魔術師の間では『女神の石』と呼ばれてる」

女神様の報復により生まれた石。

それを知った今、この石に触れるのが躊躇われるほどに恐怖を感じてしまう。

まるで血の塊のように怪しく輝くその石はいったいなんでできているのだろう。

「聖女である君にこのことを告げるのはどうかと思ったが、君に嘘はつきたくなかった」

その赤い煌めきが急に怖くなる。

あの後、何度も触れたり聖なる力を込めたりしても変化しなかった石。

「で、でもおかしいじゃないですか！　これが女神様の生んだものならば、なぜ聖女様の血を引くジュオルノ様やその家族を苦しめたんです？　おかしいです、そんなの」

信じられない。信じたくない。聖女にまつわる勉強で、聖女やその血を引く存在は女神様の加護を受け、豊穣をもたらすと教えられた。

事実、女神様は聖女の私を「むすめ」と呼び、私を苦しめたとされる人々に報復と呼ばれる惨事をもたらした。でも聖女の子供やその家族にその報復が向くのはおかしいではないか。女神様の報復がジュオルノを苦しめ、その家族の命を縮めた。それは私にとってはとても残酷な事実だ。

だって、それじゃあ、ジュオルノにとって私は敵の娘も同然じゃないか。

「そうだね……でも女神様は僕たちとは違う、神だ。人間である僕たちにはわからないなにかがあるのかもしれない」

どこか諦めたようなジュオルノの顔に胸が苦しくなる。

女神様は豊穣をもたらす存在ではないのか。これまで祈り続けた私は、女神様の加護を受けた私は、ジュオルノにどんな顔をして向き合えばいいの。

「そんな……そんなことって」

「落ち着いてアイリス。この石が女神様にかかわるものであることは間違いないけれど、僕を呪ったのは女神様ではないとファルゾーラは言ってた」

「え……」

慌てる私の肩にジュオルノの両手が置かれる。

温かくしっかりとしたその手に、少しだけ心が落ち着く。

「これは人智を超えた物質で、ファルゾーラ曰《いわ》く、魔術師にしたら格好の研究材料だそうだ。特殊な魔力を込めることで形を変え、呪いの媒介にすることもできるらしい」

「媒介……？　女神様の力を、呪いに？」

信じられない。それが可能であることも、それを実行しようとする存在も。

「人間とはどこまでも愚かで業《ごう》が深い生き物だ。恐ろしいけれど、きっと、誰かのなにかが僕の家族を疎《うと》んだのかもしれないね。それに僕たち家族は短命であることが呪いなどとは思ってもみなかった。教会を避けるあまり祈祷を受けようという考え自体がなかったんだ。アイリーンに呪われなければ、僕もゆっくりと蝕《むしば》まれ、命を落としていたのかもしれないね」

私を落ち着かせるために微笑んではいるが、きっとジュオルノは苦しいはずだ。

だって、誰かの呪いでこれまでずっと家族を失ってきたんだもの。私は失う家族はいない。でも、もし今ジュオルノやマリー様やエレン殿下になにかあったら。私は自分が傷つくよりずっと苦しくて悲しくて辛い。

エルダさんやお屋敷で一緒に過ごした大切な人たちのただ一人だって欠けてほしくない。私は考えるだけでこんなにつらいのに、血のつながりがある相手だったらどんなに、どんなに苦しいだろうか。

「ジュオルノ様」

きっと泣きたいくらいに辛いはずなのに、ジュオルノ様は私を気遣ってくれる。その事実が苦しいほどに私の胸を締めつけた。瞼が熱い。涙が出そうだ。

「泣かないでアイリス。君に泣かれると僕はどうしていいかわからなくなる。ごめん、こんな話をして……」

ぎゅうとジュオルノが私を抱きしめてくれた。温かな腕の中。声を上げて泣きたい気持ちになるが、私に泣く資格なんてない。だってこれはジュオルノの悲しみだ。

「ファルゾーラがこの石を使った呪いや魔術について今調べてくれている。きっと、大丈夫だ。アイリスが悲しむようなことにはきっとならない」

「私はいいんです、でもジュオルノ様が辛いんじゃないか、って」

私を抱きしめたままのジュオルノの腕が僅かに震える。

「父が逝ってしまったときは、まだ教わりたいことがたくさんあったと悲しかったよ。母のことは確かにずっと恋しかった。祖母や祖父は僕が生まれたときには既にいなかったから、恋しく思うようなことはなかったが、周りの子には当然いる存在がいない虚《むな》しさはあった」

少しだけ気持ちがわかる。

家族がいたことがないから、寂しいとは思わない。でも家族がいる人たちが家族について話す姿を見るたびに、私の胸にはどうしようもない虚しさが積もっていく。

「だから早く結婚して子供を作って、温かな家庭を持ちたいとずっと願っていた。これまではいい女性との縁がなくて、一緒になりたいと思うような相手に巡り合うことはなかったけどね。でも僕は今はそれでよかったと思っているよ。だってアイリス、君に会えた」

「ジュオルノ、さま」

「陳腐《ちんぷ》な言葉かもしれないけど、僕は運命だって思っているよ。救われたからじゃない。救ってくれる前から君という存在に惹かれていた。君がどう感じてくれているかは自信がないけどあの日、僕は確かに女神様の采配に救われたと信じている。だからあの呪いは決して女神様のせいなんかじゃない。だって、僕が君を愛しているのを許してくれている」

愛している、という言葉に胸を射られたような衝撃が走る。

もし、オーラがジュオルノにも見えていたら、花びらで二人が埋まってしまうんじゃないだろうか。

「アイリス、こんな短い間で愛を誓えるなんて信じてもらえないよね。でも、僕は君が本当に大切だから。君を一生守りたい。こんな勝手な僕に捕まって、かわいそうだって思うけど、ごめんね、離してあげられそうにない。僕のために泣いてくれる君は、本当にきれいだ」

ぎゅっと私を抱く腕の力が強くなる。

私はなにも言えない代わりにその背中に手を回して、本当に緩く抱きしめ返すことしかできなかった。ジュオルノの嬉しそうに笑う吐息が髪をくすぐって、優しい口づけがそこに落ちたのがわかった。

私もと今、口にすることができたらどんなにいいだろう。

素直になろうと決めたのに、臆病な私はやっぱり言葉を紡げなかった。

女神様の力が彼の人生を狂わせたのはどうあがいても事実だ。

「ジュオルノ様」

恋心を白状する代わりに彼の名前を呼んで、その胸にすがりついた。


ジュオルノと一緒に、伯爵家に向かう。

馬車の中でジュオルノは絶対に自分から離れてはならないと何度も釘を刺してくる。

「聖女様、ようこそおこしくださいました」

私たちを出迎えたのはリリィだ。やはり何度見てもローザに似ている。私に微笑みかけたのち、隣にいるジュオルノを見上げ、リリィは頬を染めた。

そうよね、わかるわ。こんなきれいな人を見たら見惚れちゃうよね。

「あの、こちらは」

「初めましてお嬢さん。僕はジュオルノ・ゼビウス。聖女様の護衛騎士だ」

本当は違うんだけど、ジュオルノは肩書き的には騎士なので間違っているわけではない。

説明するとややこしいし、恥ずかしくなりそうなのでそういうことにしようという話になったのだ。

「まあ……ようこそいらしてくださいました。私はプロム家の娘、リリィと申します。姉ローザのためにご足労いただき、本当にありがとうございます」

深く頭を下げるリリィは本当に優しい子だと感じる。ローザの妹だなんて信じられないくらいに雰囲気がまるで違う。

リリィに案内され伯爵家の長い廊下を歩く。

王城にも引けを取らないほどに豪華なお屋敷の中はとても静かだ。

「あの、ローザはずっとここに？」

「……はい。教会から戻ってからずっとここにいます」

切なげに伏せられた目。妹としてローザの状況にはいろいろ思うところがあるのだろう。

歩きながら私はリリィの話を聞いた。リリィとローザは七つ年が離れており、リリィは月に一度の面会でローザと交流してきたという。

二人の母親はローザが教会に入る少し前に亡くなっており、以来、父と姉妹だけで生きてきたとも。

私には高慢で〝お貴族様〟という印象しかないローザだったが、妹であるリリィには優しい姉だったのだろう。リリィは心から姉の境遇を悲しんでいる様子だった。

「お父様はお姉様をとても愛していらっしゃって……もちろん、私のことも大事にしてくれています。でも、父にとって姉は特別なのです」

少しだけ切なさの滲んだ顔。

親子の間や姉妹の間に、私には知り得ぬいろいろなことがあるのだろう。

最初に会ったあの場でも、プロム伯爵はローザのことばかり心配していた。隣にいるリリィをもっと気遣ってあげるべきではと私が不安になるほどに、その瞳にはローザしか映っていないようでもあった。

「父の非礼や、姉が聖女様に行ってきた数々の無礼、私が謝ったところで許されるとは思えません。それでも、心からお詫び申し上げます」

リリィの赤くなった目元に胸が痛む。小さな少女がこんなに苦しんでいるのだ。もう私は十分に報われたし、これ以上ローザになにかをしたいなどとは思わない。むしろ、早く目覚めてほしいとさえ思えた。

案内されたのは奥まった部屋だ。静かでとても清潔。開け放たれている窓からは爽やかな風が入り、カーテンを揺らしていた。そして中央に置かれた広いベッドにローザは眠っていた。

「！」

話には聞いていたが、あの美しい金の髪が灰色になっていた。目を閉じている顔は本当にただ眠っているだけのようだ。肌は青白く、眠っているせいかまるで大きな人形のようにも見えた。

「ようこそ、おいでくださいました」

ローザのかたわらには憔悴した様子のプロム伯爵がいた。

彼が手を置いているのはローザのベッドで、私はその違和感に一瞬なにがおかしいのかわからなかった。しかし眠っているローザの右腕があるべき場所のシーツが平坦になっていることに気が付く。本当に腕が失われてしまったのだという事実を目の当たりにして、お腹の奥が冷え切っていく。

「聖女様、どうか娘を……」

そう私に言葉をかけたプロム伯爵が、私の隣にいるジュオルノを視界にとらえ、目を見開く。色のない表情が妙に怖かった。

「あなたは」

「私は聖女様の護衛騎士です。どうぞお見知りおきを、プロム伯爵」

ジュオルノの声も心なしか硬い。

二人には面識があるのだろうか。見つめ合い膠着《こうちゃく》した彼らの間で私が戸惑っていると、ジュオルノが私の肩を優しく叩く。

「そばにいるから。大丈夫、安心して」

優しい言葉に怖々と頷く。プロム伯爵は私とジュオルノを見つめたまま、静かにベッドから離れた。

ゆっくりとローザのそばに近寄る。髪が灰色で右腕がないこと以外は、以前のローザそのままな気がする。

けれど眠り続けているせいで、ずいぶんと痩せていた。いつだって薔薇色《ばらいろ》だった唇の色は今は薄い。まだそこに存在している左腕にそっと触れる。思えば長い間一緒に過ごしていたが、ローザに触れたことはなかった。

彼女のオーラは彼女の名にふさわしく、華やかな薔薇色。強すぎるがゆえに周囲を見ることができない色だ。きっと本来ならば鮮やかで苛烈で痛いほどに眩しかったのだろう。でも今はずっと弱くなっていて、僅かな色みが身体をゆるく包むのみだ。

私の祈祷がローザを救えるかはわからない。でもこのままでは彼女が眠り続けることを知ってしまった以上、なにもしないでいることはできない。

彼女のことを好きにはなれない。私への扱いが悔しくて憎らしかった日もある。でも貴族と平民の力関係なんてそんなものだと知っていたから、諦めていたのも本当だ。逆らうことも抵抗することもなく受け流していた。私が歯向かっていたらなにか変わったのかな。ううん、きっともっとひどいことになっていただろう。

でも、王様の使いに訴え出ることもできたはずだ。私に優しい人だっていた。私だって逃げていた。本当に嫌ならもっと早くに逃げ出してもよかったんだ。

だからもういい。もう楽にしてあげたい。彼女には待っている家族がいる。

細く痩せた指を握り、祈りを込める。聖なる力を流し込むように、ローザの心に呼びかけるように。そして、どこかで私を見守ってくださっているはずの女神様に願いが届くように。

聖女となって初めての祈祷。これまで優しく存在していた聖なる力がとても強くなったのを感じる。これが加護かと思いながら力を流し込み続けると、弱かったローザのオーラがじわじわと濃くなっていく。薔薇色はずいぶん薄く、リリィと同じような優しい薄紅色になってしまったが、命の輝きを感じる優しい色だ。

「ん……」

ぴくり、とローザの腕が震えた。長いまつ毛が震え、瞼が痙攣《けいれん》する。私が腕を離してローザから離れれば、プロム伯爵とリリィがその身体にすがりついて彼女に呼びかける。

「ローザ！　ローザ！」

「お姉様！」

呼びかけに応えるようにローザの目が開いた。

私と同じきれいな緑の瞳。つるりと丸く赤子のような無垢な瞳。その瞳は自分を呼んでいる父親や妹をぼんやりと見つめ、それから不思議そうに周囲を見回している。ぱちり、と私と目が合う。嫌味のひとつでも言われるのかと身構えるが、不思議なことに緑の瞳は私をとらえてふわりと微笑んだのだ。

可憐《かれん》な少女のような優しい笑みに思わず私は数歩後ろに下がる。

「おねえさんはだあれ？」

私の知るローザとは違う、舌ったらずな言葉づかい。部屋の空気が凍るのがわかった。

「ローザ、ローザ!?　どうした、どうしたというのだ！」

プロム伯爵がローザの肩を摑んで揺らす。ローザはその様子に怖がって逃げようと暴れ出した。

「いや、おじさんだれ、やだ、こわい」

「ローザ！」

プロム伯爵の叫びが響き渡った。

怯えるローザを私とリリィでなだめ、いくつかの質問をしたが、ローザは自分のことを含めなにひとつ覚えていなかった。

口ぶりから、五、六歳の少女としか思えない態度だ。演技ではないかと思ったが、あのローザがたとえ偽りでも私を「おねえさん」と呼ぶとは到底思えない。無垢な少女でしかない。

女神様はどこまで残酷なのだろう。腕や髪の色だけではなく、ローザからローザという記憶を奪い去っていった。

無力な自分に絶望すら感じた。プロム伯爵はローザのそばから離れ、痛みをこらえるように頭をかかえ、床に座り込む。

リリィだけは子供のようになった姉を優しく労り、いろいろと話しかけていた。水を飲ませ、寝乱れていた髪を整え、まるで姉妹が入れ替わったような静かな二人の姿が、心の重しを少しだけ軽くする。

はじめは怯えていたローザも、優しいリリィにあどけない笑みを浮かべはじめていた。

「リリィ、私…………」

「聖女様。いいのです。姉は目覚めなかったかもしれない。どんな形であれ、姉が戻ってきてくれた。私、姉を支えて姉の罪を償《つぐな》いながら一緒に生きていきます」

「でも、それじゃあ」

「本当に大丈夫です。姉が死ぬかもしれないと思ったとき、すごく悲しかったんです。私は姉がこうやって生きていてくれることが、今はとてもうれしい」

瞳を潤ませるリリィの表情に胸が軋《きし》んだ。

これ以上掛ける言葉がなく、立ちつくす私をジュオルノが支えてくれる。

「アイリス、君はよく頑張ったよ。こうなった以上、彼女に廃棄巫女の烙印は不要だ。僕から陛下に進言し、この処罰を取り消すように頼んでみよう」

「本当ですか？」

「それくらいしないと、君の心が晴れないだろう？　僕を信じて、アイリス」

ジュオルノの言葉がどこまでも救いだった。

そっとその手に自分の手を重ねる。温かな手が気持ちを軽くしてくれた。もう戻るべきなのだろうが、どうしてもひと言だけプロム伯爵に伝えたかった。

もうローザを恨む理由もないと。力が及ばず申し訳ないと。

ジュオルノに支えられながら、座り込んでいるプロム伯爵のそばに寄る。

声をかけようと手を伸ばした瞬間、弾かれたように顔を上げたプロム伯爵が私をまっすぐに見上げた。

感情の見えない暗い瞳。

ぞくり、と背中が冷えた。

「プロム伯爵、あの」

「なぜだ」

「え」

「なぜ、ローザがなにもかもを失わなければならない……聖女の座も、貴族令嬢としての立場も、望んだ男すら……全て、全てお前がぁぁぁぁ!!」

「ひっ!!」

叫びながらプロム伯爵が立ち上がり、私に摑みかかろうとする。

「アイリス！」

ジュオルノが私をかばうように抱き寄せ、プロム伯爵から引き離してくれた。心臓が痛いほどに脈打っている。プロム伯爵は目を血走らせ、私とジュオルノを見ていた。その瞳は正常な人間のものではない。あの日の男爵や王の側室と同じ色を感じた。

「お前らだけを幸せになどさせぬ!!」

プロム伯爵が懐からなにかを取り出す。

鈍く光るそれは、短剣だ。その柄には不気味に光る赤い石が光っていた。見覚えのあるそれに私とジュオルノは息を吞んだ。

「これがなにか知っている顔だな……！　そうだこれは女神の石と呼ばれるもの……魔術師の間では有名な代物《しろもの》だ。この剣で傷付ければ、その身は深く呪われる……聖女よ、女神の力で呪われろ!!　その男もだ!!　私の娘を苦しめた罪を償えっ!!」

振り上げられる短剣が私を狙う。しかし既に抜剣していたジュオルノがそれを弾いた。ぶつかる金属音が鼓膜を刺激する。私は彼の後ろにかばわれ、ジュオルノの剣がプロム伯爵の首元を押さえるのが見えた。

リリィがなにかを叫んでいる。ローザは怯えて悲鳴を上げている。

私は声を上げることすらできず、ただ身を震わせているほかない。なんて無力なんだろう。

広いジュオルノの背中にすがるように手を添えることしかできない。

「アイリスはお前の娘を許し、救おうとしたのだぞ！」

「うるさい！　これでは私の娘は死んだも同然ではないか!!　返せ！　娘を返せ！」

「お父様っ！　やめてくださいっ!!」

リリィの叫び声が胸を突く。私はまた間違えたのだろうか。私がここに来なければ、プロム伯爵は狂気に染まらず、リリィも悲しむことはなかった？

「わたし、わたし……」

「アイリス、大丈夫だ。君は悪くない」

ジュオルノの声が私を支えてくれるけれど、立っているのがやっとだ。女神様の報復、そして石、呪い、なにもかもが私のせいのように感じた。こんな思いをするなら加護なんていらない。聖女なんてやめてしまいたい。

プロム伯爵は私やジュオルノを射殺《いころ》さんばかりの瞳で睨みつけている。手に持った短剣がぶるぶると震え、赤い石がぼんやり輝いていた。

「聖女が呪われればこの国は終わりだ。私や娘を見放した陛下の統治も意味をなさない。全て呪われてしまえ！」

「なんとおぞましいことを」

ジュオルノが剣を構えプロム伯爵を睨みつける。その迫力にプロム伯爵は一瞬たじろぐ。騒ぎを聞きつけたのだろう、部屋の外に控えてくれていた護衛の兵士たちが部屋の中へとやってくる。

私をかばい剣を構えるジュオルノと、それと対峙《たいじ》するように短剣を構えるプロム伯爵。その光景が全てを物語っていた。取り囲まれる伯爵。苦痛に染まっていた顔が絶望の色に変わる。

「これで私は終わりだ……敵《かたき》を討つこともできず、あああっ」

叫んだプロム伯爵は、手に持っていた短剣を振り上げるとためらうことなく己の足を貫いた。

血の匂いが漂う。

「ヒッ!!」

「見るな、アイリス!!」

「お父さまぁぁぁっ！」

短剣の刺さったプロム伯爵の足。血が噴き出してもおかしくないはずなのに、深く刺さったそれはまるでプロム伯爵の身体に吸いつくように刺さったままだ。

赤い石が不気味に光ると傷跡からするりとプロム伯爵の身体に入り込んだ。

「なっ！」

「まさか！」

目の前の出来事に私とジュオルノは息を呑む。

女神の石が呪いに転じた瞬間だ。

触れずともわかった。プロム伯爵の身体が呪いに蝕まれていくのが。青白い肌と血走った目、口から泡を噴き身体をくの字に曲げ、もがき苦しんでいる。

「プロム伯爵！」

「だめだアイリス！」

ジュオルノが止めるのもかまわず、私はプロム伯爵に触れる。鉛色のオーラを包む赤いなにか。それは間違いなくあの日ジュオルノを苦しめていたものと同じだ。

これが女神の御業が生んだものだとしたら、なんと禍々《まがまが》しいのだろうか。神とはいったいなんなのか。たとえそれが女神様の意志ではないとはいえ、こんなものを生み出してしまった神への気持ちが揺らぐのを感じた。

「どうして」

私はプロム伯爵の腕をとり、祈りを込める。どうか、この人を救ってほしいと。

聖なる力がオーラを包み、赤いなにかを引き剝がす。これまでの祈祷よりずっと容易くそれは剝がれ落ち、ジュオルノのとき同様に赤い石が床に落ちた。

一瞬の静寂ののち、もがくように床をのたうちまわっていたプロム伯爵の動きが止まり、床にはいつくばって顔だけをこちらに向ける。唸りながらも虚ろな瞳で私を見つめてくる。

「なぜ、だ」

「わかりません。でも、嫌なんです。目の前で人が苦しむのは嫌なんです」

気が付けば私は泣いていた。悲しくてやるせなくて辛くて。なぜ、皆苦しまなければならないのだろうか。

「お願いします。どうかローザだけでなくリリィも見てあげて。プロム伯爵には家族がいるじゃないですか。どうか、守ってあげて」

私の言葉にプロム伯爵がリリィのほうへ視線を向ける。リリィは怯えるローザを抱きしめ、プロム伯爵を見ていた。親子の間になにがあるのか私にはわからない。

「リリィ」

プロム伯爵の目に僅かな光が宿った気がした。

プロム伯爵は力なく呟くと、目を閉じぱたりと身体の力を抜いて倒れた。私は悲鳴を上げるが、すぐに駆け寄ったジュオルノがプロム伯爵の息を確かめる。

「大丈夫、死んではいない」

彼の言葉に私はへなへなとその場に倒れ込みそうになったが、ジュオルノがしっかりと抱きしめてくれる。腕の温もりにすがりつくようにして彼を見上げた。

「ジュオルノ様、私」

「なぜ危ないことをした!!」

「っ！」

はじめて聞いた彼の怒った声に身がすくむ。私を見つめる瞳は怒っているのに泣きそうな色で。私を抱きしめている腕に力がこもった。痛いくらいだ。彼の身体は僅かに震えていて、本当に私を心配してくれていたのだとわかる。

「君になにかあったら……ああ違う、僕は自分が情けない……」

「ジュ、オルノ、さま、ごめ、ごめんなさい」

「なぜ君が泣くんだ」

「ごめんなさいぃ」

私は彼の前では泣いてばかりだ。上手に泣くことなんてできない人生だったのに、彼に出会って私は変わってしまった。素直に甘えることも、想いに応える勇気もない。そのくせ、頼っ

て助けられてばかりだ。

「ごめんなさい、ジュオルノ様」

弱くてずるくてごめんなさい。

私は彼の腕の中で声を上げて泣いた。


城に戻った私たちを、青い顔したマリー様やエレン殿下が迎えてくれた。マリー様にはとても怒られた。無茶をしすぎだと。

さすがに今回の件を不問に付すことはできないとも言われた。ローザの廃棄巫女の烙印はジュオルノが約束してくれたとおり撤回されることになった。記憶を持たぬものに処罰は不要だという温情だ。

しかしプロム伯爵は聖女に刃を向けた罪により、爵位を剝奪されることになった。私はやめてほしいと訴えたが、プロム伯爵もそれを望んだらしい。

もう、地位や名誉にはこだわらないと。憑き物が落ちたように静かになったプロム伯爵は、娘二人との静かな暮らしを選んだと聞かされた。

私がプロム伯爵を許すと決めたからなのか、畏れていた女神様の報復は起こらなかった。

ただ、自ら短剣で貫いたプロム伯爵の足は僅かも動かなくなった。幼くなった姉と足の不自由な父を抱えたリリィのことが気がかりだった。

私の気持ちを察したのか、マリー様が明るい声をかけてくれる。

「財産の全てを取り上げたりはしないわ。きっと彼らは彼らなりに生きていくことができるはずよ」

「マリー様」

「聖女だからってあなたがなにもかもを救えるわけじゃないのよ。聖女の役目は女神様の加護を国にもたらし豊穣を司《つかさど》ることよ。誰が聖人になれと言ったの」

「それは……」

マリー様が私を抱きしめた。柔らかく温かい。

「アイリス、お願いだから自分の幸せを大事にして。もういいの、あなたはよくやったわ。あとは彼らの問題よ」

優しい言葉と温もり。私は上手く返事ができず、マリー様を抱きしめ返した。

その後、私にべったりなマリー様にジュオルノが食ってかかって、あの騒がしいやり取りが始まり、私はようやく笑うことができた。

◇

ジュオルノの屋敷に戻る日が来た。

マリー様は不満そうだったが、「また必ず来るから」と言うと納得してくれた。

教会へ顔を出してほしいと陛下からお願いされたが、私は悩んだあげく、やはり教会に顔を出すことはできなかった。粛清や改革が行われ、私がいたころとは違ってきていると聞かされたが、やはり聖女として教会に行く勇気はまだない。

様々な出来事がありすぎて、女神様への疑念も私の中には芽生えている。

ほんの数日間だというのにまるで何年も過ぎてしまったように感じる。教会を逃げだしてからまだ一カ月もたっていないなんて嘘みたいだ。

あの騒動の後、私は国王陛下に面会し、この国に残る赤い石を全て探し出してくれるようにお願いをした。

プロム伯爵が持っていた石も、陛下に預けた。絶対に誰の手にも渡らないように。もうあんなものを見るのは嫌だ。

二度触れて確信した。あの赤いなにかは呪いよりずっと禍々しいもの。たとえ宿主が死んでも、その縁者へと移り、消えることのない恐ろしいもの。

女神様の石を呪いの媒介にすることを考え出したのは魔術師かもしれない。だとしても、女神様の石さえ存在しなければあんな恐ろしく悲しいことは起きなかったはず。

もしかしたら、ジュオルノだけではなく、あの赤い石のせいで家族を失い苦しんでいる人がいるかもしれない。考えるだけで辛い。

聖女に選ばれただけの私に罪はないとみんな言ってくれる。でも嫌だ。そんなのだめだ。知ってしまったからには私がなんとかすべきことだと思えた。

あの日、ジュオルノに出会い彼を救ったのが運命ならば、これも私の運命なのかもしれない。

「本当に行ってしまうの？　ここに残りなさいな。ジュオルノなんかよりも私と仲良く過ごしましょうよ」

「なんか、とはなんですかマリー」

「ああアイリスがいなくなったら寂しいわ」

二人のやり取りが聞けなくなるのは本当に寂しいが、これ以上一緒にいたら離れるのがもっとつらくなってしまう気がした。

「また来ますから」

「絶対よ。じゃないと私が押しかけるからね」

「アイリス様、姉上は本気ですから気を付けてくださいね」

エレン殿下にも感謝してもしきれない。

私は二人にお礼を言って、ジュオルノと一緒に馬車に乗り込んだ。

最初に隣町へ向かったときの辻馬車はガタガタとひどい揺れだったが、王家が用意してくれた馬車は静かでまるで滑るように街道を進んでいく。

流れる景色はあの日と同じで、隣にジュオルノがいるのは一緒。

私の手をジュオルノがしっかりと握りしめていること以外は。

「あの、ジュオルノ様……」

「なんだいアイリス？」

「手を……」

離して、と伝えたいのに私をまっすぐ見つめる甘いジュオルノの瞳になにも言えなくなってしまう。握りしめられていた手が汗ばんでいる気がするから、離してほしい。

「やっとアイリスと二人きりだ。城ではいつもマリーが邪魔をしてきたからね」

ちょっと拗ねた顔のジュオルノ。事実、私たちが二人で過ごしているとどこからともなくマリー様がやってきていた。ひとしきり騒いだあと、エレン殿下が回収していくというのが私たちにとってのお決まりのパターンだった。

「マリーは僕たちが進展するのが許せないんだよ。自分の婚約がうまくいかないからって」

「マリー様、あんなに素敵な方なのに」

「じゃじゃ馬なのは事実だし」

「もう、ジュオルノ様……」

本当は大切に思っているくせに、とちょっとだけ目を細めて睨みつければジュオルノは困ったように笑う。

「大丈夫。マリーはきっと幸せになれるよ」

優しい顔はマリー様がジュオルノを語るときと同じだった。

「ねぇ、そろそろマリーの話はやめて僕に集中してくれないか」

「ひぇっ」

私の手を包んでいただけのジュオルノの指が、私の指の間に滑り込んで、絡み合うみたいに握り合わされる、ジュオルノの長い指が私の指をとらえて、指先が手の甲をいたずらに撫でた。

「あ、あのっ」

大きな手は私の小さな手を弄《もてあそ》ぶみたいに力を込めたり緩めたり。汗ばんだ掌がくっついて、くすぐったい。

「アイリス」

私の肩にジュオルノ様の頭が乗った。私を気遣う心地よい重み。私の顔は恥ずかしいくらいに真っ赤で、心臓が痛いくらいに跳ねている。汗でべたべたしている手を気持ち悪いって思われたくないから離してほしいけど、しっかりと握り込まれて離れない。

振り払うことなんてできない。

「逃げないの？」

「こんな狭い場所で逃げられません！」

「ふふ、そうだね、僕は卑怯者だ」

すり、とジュオルノの鼻先が私の首筋を撫でた。彼の髪が私の頬に触れる。いい匂いと温かな体温が肌から伝わってくる。

「っ！」

「大丈夫。これ以上はなにもしないから。少しだけ、君に触れさせていて」

甘えた声で願われれば、私に逆らうすべはない。真っ赤になっておろおろする私を面白がるみたいなジュオルノの吐息が胸元のあたりをくすぐる。うるさいくらいに高鳴っている心臓の音が聞こえてしまうんじゃないだろうか。

「ま、待ってててって言ったのに！」

「待つよ。アイリスがちゃんと決めるまでは待つ。でも、少しだけご褒美をちょうだい。そして、どれだけ僕が君を好きか、わかって」

「っ～～～～～～!!　い、いじわるっ！」

結局、私は屋敷に戻るまでの長い間、一瞬だってジュオルノから離れることは許されず、摑んだ手はずっとそのまま。首筋のあたりをかるく唇で撫でられる以上のことはされなかったけど、私にはあまりに刺激的すぎた。

結果、息も絶え絶えになった私は屋敷に着くころには自分で動くのすら億劫なほどに疲れ果ててしまったのだった。

「アイリス様！」

「エルダさん!!」

ジュオルノに支えられながら馬車を降りる私を出迎えてくれたのは涙目のエルダさんだ。まるでお母さんみたいに私を抱きしめてくれた。私もその腕にしっかりと抱きつく。懐かしい匂いと温もりに安心する。帰ってきた、という思いで胸がいっぱいだ。お城で過ごした時間のほうがずっと長くなっているのに、やっぱり私にとってここは特別なんだと実感する。

「お変わりないようで安心しました。いなくなったときは心臓が止まるかと思いましたよ。よかった無事で」

「ごめんなさい」

「いいんですよ。アイリス様はちっとも悪くありません。疲れたでしょう？　さあ、こちらへ」

「エルダ、アイリスを案内するのは僕の役目だよ」

私を連れて歩き出すエルダさんにジュオルノが不満そうな声をかける。

しかしエルダさんはちょっとだけ鋭い視線で彼を見て「馬車の中でアイリス様をこんなに疲れさせて。しばらくは距離を置かれてください」とぴしゃりと言いつけていた。

勘付かれている恥ずかしさやら、なにも言えなくなっている子供みたいなジュオルノが可愛いやら、ちょっとだけ仕返しの気分で、私はジュオルノをフォローすることはせず、久しぶりのエルダさんたちとの再会を堪能させてもらった。

「またとられた……」

切ないジュオルノのつぶやきが風に消えているとは知らず。

私が使っていた客間は以前はシンプルな内装だったが、とても素敵な可愛らしい部屋に改装されていた。素敵な調度品の数々。ふかふかのベッドのカバーはきれいな花の刺繍がされていて華やかだ。

「お城には劣るかもしれませんが、アイリス様が暮らす場所ですからね！　張り切って準備しましたよ！」

お城どころではない。ここはやっぱり居心地がいい。ここの人たちは誰も私を〝聖女様〟とは呼ばないのだ。以前と変わらず〝アイリス〟と私の名前を呼んでくれる。

「でももうメイド服は貸せませんからね！　聖女様にお仕事なんてさせたら私たちが処罰されてしまいますよ！」

そこは譲《ゆず》ってくれないらしい。

残念。仕事がしたかったな、と恨めしい視線を向ければ、エルダさんは困ったように微笑んで「メイド服を着なくてもできることはありますから」と言ってくれる。

ただのお飾りでいる必要はないと教えてくれるエルダさんの優しさが嬉しかった。

エルダさんだけではなく、再会したベルトさんも泣きながら私の無事を喜んでくれた。皆本当に私を心配してくれていたらしい。

「急にいなくなって本当にごめんなさい」

「いいえ。もっと警戒すべきでした。アイリス様を守れず、申し訳ない」

謝られるとますます申し訳なくなってしまう。謝罪のリレーをエルダさんが止めてくれなかったら、きっとずっと謝りあっていたかもしれない。

「ああしかし、アイリス様が聖女様だったとは。不思議な方だとは思っていましたが」

「そんなに私って変わってました？」

「不思議な魅力があるということですよ。ジュオルノ様が魅かれたわけだ」

「!!」

私の部屋が用意されていたこと以外、お屋敷に変わったところはないように思っていたが、屋敷そのものよりもその周囲に大きく手を加えたらしい。

私が誘拐されたのが庭だったこともあり、お屋敷をぐるりと囲んでいた塀を修繕し結界魔法を新たにかけたそうだ。以前のお庭は先々代の聖女様が造ったものだったが、今回思い切って大きく手を入れ、低い庭木を中心にした、まるで公園のような広々とした造りに改修したのだとか。既に夕方だったため、窓からの景色ははっきりしない。明日の楽しみにしよう。

「奥にある離れにも手を入れたんですよ。よい場所に変わっていますから、ぜひ見に行ってみてください」

「離れ？」

「私も知らなかったんですが、坊ちゃまのおじい様にあたる、先々代の当主様が使っていらしたそうです。なにかを研究されていたのか、たくさんの本がありましてね。中はまだ整頓中です」

「すごいですね！　行ってみたいです」

「数がすごいので、いずれ坊ちゃまが確認されるとおっしゃっていました。アイリス様にも手伝ってほしいと」

ジュオルノのおじい様といえば国王陛下のお姉様と結婚された方だ。いったいどんな人だったのだろう。その人が集めていた本や研究というのはどんなものかすごく興味がある。

「さ、案内はここまでにしてお食事にしましょう。そろそろ戻らないと、坊ちゃまが拗ねてしまいます」

「ふふ……はい！」

食卓ではジュオルノがエルダさんの予想どおり、少し拗ねた顔をして私の帰りを待っていた。

笑いながらジュオルノと向かい合わせに座って、エルダさんや他のみんなとおしゃべりしながら食べる夕食。はじめてここで食事をした日がずっと前みたいに懐かしくて、やっぱり信じられないくらいおいしかった。お城の食事も素晴らしかったけど、ここで食べるごはんは温かくて幸せな気持ちになれる。ジュオルノやエルダさんたちがいるからだ、きっと。

たくさんおしゃべりしてお腹が満たされて、私は食事が終わるころには眠気に負けかかっていた。エルダさんに手を引かれ自分の部屋にたどり着いたときは、もう瞼が重くて仕方がなかった。ベッドにもぐり込みながら、明日はジュオルノとたくさん話せたらいいなと考える。

その夜私は夢を見た。ジュオルノに優しく愛を告白される夢。

きっと次はその気持ちに応えるから、どうか私に勇気をください。

◇

さっきまで絡めていた指の感触が忘れられない。

細くて柔らかくて、少し力をこめたら折れてしまいそうなほど儚くて、手を離したらまたどこかに行ってしまうんじゃないかと不安にすらなった。

自分が王族の血を引いていることを、これほどまで感謝したことはない。煩わしいとすら思っていた立場だったのに、聖女になった彼女を守ることになに不自由がない。

「いじわる」

真っ赤な顔をして、涙で潤んだ瞳で恥ずかしそうに睨みつけてくる姿が、どれだけ逆効果かアイリスは知らないんだ。

聖女になった彼女の伴侶の座を狙う男は、僕が考えるよりもずっと多いはずだ。エレンとの顔合わせだけはどうしても避けられないとわかっていたから、多少不本意とはいえ対処ができた。あのまま城に留まっていたら強引にでもアイリスに会おうとした貴族はたくさんいただろう。プロム伯爵とのことだって、一歩間違っていたらひどいことになっていたかもしれない。もしアイリスが僕以外を選んだら。僕の手の届かないところに行ってしまったら。考えるだけで、心に黒いものが込み上げてくる。

自分がこんなに狭量で執着心の強い男だとは思わなかった。

誰にも見つからないように、アイリスの部屋へ向かい扉をノックする。

当然返事はなくて、鍵を掛けるなんて考えのない彼女の部屋は簡単に僕を迎え入れた。

部屋は僕がアイリスを想ってそろえた物ばかりだ。ベッドで静かに眠るアイリスはとても穏やかな顔をしている。

最初の夜に彼女が巫女であると知ったときとは違う、もっと深く穏やかで自分でも驚くくらいの愛しさがこみ上げる。

エレンや、特にマリーと過ごすアイリスはとても楽しそうで輝いていた。あのまま城で彼らと一緒にいたほうが楽しい日々を過ごせたかもしれない。でも、僕はそれだって嫌だった。家族のような彼らにだってアイリスを取られたくない。

「アイリス」

名前を呼んで、そっと彼女の白い髪に触れる。

アイリスは自分の髪を老人のようだと言うが、まったく違う。月の光のような清廉できれいなそれはさらさらと僕の指をすり抜けてシーツに落ちた。今は閉じられている瞼の中に隠された緑の瞳は深い森のようでとても神秘的だ。最初は痩せすぎだったが、いまではふっくらとした薄紅色の頬はきめ細かな肌で、今すぐ触れたくなってしまう。

彼女が、無事にこの場にいてくれていることをどう感謝すればいいのかわからない。

家族の縁には恵まれず、どこか欠けた人間だと思っていた自分がこんなにも誰かを愛しいと思い幸せを感じられるなんて。

アイリスは聖女だ。それは絶対に変えられない事実。僕はどんなことをしても彼女を守るし、一生そばから離れるつもりはない。

「この巡り合いに感謝を。女神様、叶うならば僕をずっと彼女のそばに」

すくい上げたひと房の髪に、願いを込めて口づけを落とした。

◇

翌日、ジュオルノはどうしても騎士団に顔を出さなければいけない用事があるそうで、朝早くから出かけて行った。

昼前には戻ると言われたので、帰りを待つ間に、私はエルダさんたちにお城での生活について話をした。特にマリー様のお話は大盛り上がりだった。何度かこのお屋敷にも遊びに来ていたそうで、ジュオルノのお父様が亡くなられた際も、一緒に悲しんでいたという。

メイドさんたちはお似合いの二人だといろいろ噂をしていたそうだが、エルダさんは「最初から二人が結婚するとは思っていなかった」と口にする。

「きっぱりしていていいお方ですけどね。あまりに似すぎていて、夫婦というよりも姉兄のような対等な雰囲気でした。お互いいい相手を別に見つけると思っていましたよ私は」

さすがはエルダさん、と私が尊敬の目を向けていると、逆にエルダさんが私をまっすぐに見つめて微笑む。

「ああ見えて坊ちゃまは恋愛には不器用ですからね。心を傾けるのは弱い部分を見せ合えるような、優しいお嬢様を見つけてくると思っていましたよ」

私を見つめながら呟くエルダさんの言葉に、なにもかも知られている気がして私は恥ずかしさから俯いた。周りのメイドさんたちも目を合わせて訳知り顔に頷き合う。

きっととっくに両想いになっていると思われているんだろうなぁ。

このままずるずるとジュオルノに甘えたままなのはよくないとはわかってるけど、今更自分から告白する勇気が持てないでいる。それに、まだもう少しだけ答えを先に延ばしてこのままでいたいと願う甘えた気持ちを捨てられない。

そんなずるい自分の気持ちを流し込むように、ぬるくなった紅茶を飲みほした。

予定を少し過ぎた昼過ぎにジュオルノが帰ってきた。

急いで出迎えると、嬉しそうな笑顔を浮かべたジュオルノの後ろに見覚えのある人がいる。

「おかえりなさい……あ！」

「ただいまアイリス。お客さんを連れてきたよ」

「ご無沙汰だな巫女殿、いや今は聖女様か！」

ファルゾーラさんが大きな荷物を抱え、ちょっと癖のある顔でニコリと私に笑いかける。

「いやはや、まさか巫女殿が今代の聖女様とは。不思議な気配のするお嬢さんだとは思っていたがな」

なにか納得した様子のファルゾーラさんは私をしげしげと見つめ、大きく頷いていた。私が聖女になってもまったく態度が変わらないファルゾーラさんは、最初のジュオルノの言葉どおり信用がおける人なのだろう。嬉しくて微笑めば、ファルゾーラさんも笑ってくれる。

応接間で私とジュオルノは彼が持ってきた大荷物を広げる手伝いをした。様々な書物や、なにに使うのかわからない道具ばかりだ。埃を被った道具を並べはじめたときはエルダさんの眉が少しだけ吊り上った。あとで掃除を手伝おうと心に決めながら、せめてもと散らばっていく小さなゴミを端っこに掻き集めておく。

「聖女様に直接会う機会に恵まれるとは、長く生きてきた甲斐があるというものだ」

豪快に笑うファルゾーラさんはいったい何歳なんだろう。

「自分でもまだ信じられないです」

「聖女という存在はあくまで女神の加護をこの地に降ろすための媒介であり、人の意思を女神に伝える触媒であるからな。そもそもが特別な人間というわけではないからな」

「そうなんですか？」

「祈祷や治癒は加護の影響で強くなるとは聞いたが、かの苛烈なる愛を持つ女神様のような奇跡や御業を起こすようなことはまずないはずだ」

「苛烈なる愛って」

ファルゾーラさんの言葉に私がぎょっとしていると「なんだ？　知らぬのか？」と意外そうな顔をされた。

「女神が聖女にまつわることで狭量なのは有名な話だ。聖女の意思よりも全ては女神の心ひとつ。可愛い我が子には弱いそうだがな」

「そんなに……」

「だからこそ、あの女神の石が出回っているのだよ。恐ろしい話だ」

言いながら、ファルゾーラさんが取り出したのは大きな古い本。表紙には赤い石が描かれている。

「これは最初に女神の石を魔術に使おうとした者が書いた研究書だ。女神の石は人智を超えた存在でな。魔力を込めることにより変化をする貴重な魔術の材料として昔から取り引きされておった……おお、これだ」

ページをめくって中身を見せてくれるが、見たこともない文字ばかりでなんと書いてあるかはわからない。添えられた絵からは禍々しいものを感じた。赤い石と、それを取り巻くなにか。

「ここには、赤い石は強い魔力や意思を込めることで形を変えると書いてある。これを書いた者はどうすればそれを間違いなく実行できるかまでは突き止められなかったが、これをもとに魔術を完成させた魔術師がいてな……そやつはその研究の代償として命を落としたそうだが」

「そんな……」

「しかし方法だけは残り、一部の者たちが悪用しておったのだろう」

一部の者、という言葉にプロム伯爵の形相《ぎょうそう》を思い出す。彼もつてを使ってあの呪いを生み出す短剣を得たと言っていた。なんて恐ろしいのだろう。

「では僕の血統を呪ったのも……？」

「可能性は高いであろう。術式だけを利用し、媒介には家宝の石を使った。そう考えるのが自然だろうが……問題はなぜ、聖女様がこの石を持っていたかだ」

「それは……」

そうだ。これはジュオルノのひいひいおばあ様であった先々代の聖女様が大切にしていたものだという。だからこそ家宝になり、ひいおじい様も大切にしていたのだ。

「なにか聞いてはおらんのか？」

「僕が生まれたときにはすでに失われていたものですから、大切にされていたということ以外はまったく……」

ジュオルノは困惑した様子で本を見つめている。そこに答えがあるはずなどないのに。私は思わずジュオルノの手に自分の手を重ねる。僅かに冷えて震える指先を温めるように握れば、優しく握り返してくれた。

「ふむ。儂《わし》もお前の父から僅かにしか話を聞いたことがなくよく知らんのだ。あの石の成り立ちになにか秘密があるとは思うのだがな……どちらにしろ、呪いを作った魔術師かその依頼主はもう生きてはいないだろう。この呪いはかけた本人の魂すら蝕む恐ろしいものだ」

「そんな……」

「女神様も罪な方よ。豊穣をもたらす聖女を守る御業の置き土産が、呪いを作り出してしまった。神であるがゆえに、我らの理にその御業がどう影響するかなど考えもしないのだろうが」

ビズ先生と同じことを言うファルゾーラさんは、どこか遠い目をしてる。

「一応、これが本当に宝石でないことを君たちにも証明してやろう。さあジュオルノ、石を」

「はい」

小さな箱に納められた石をジュオルノがファルゾーラさんに渡す。それを受け取ったファルゾーラさんは、ガラスでできた小さな容器にそれを置き、不思議な呪文を唱《とな》えた。

するとさっきまで固形だったはずの石が、とろりとまるで液体のように形を変えた。私もジュオルノもその異様な光景から目が離せなくなる。赤い石は赤い液体となり、まるで生き物のように動きだした。

ファルゾーラさんがもう一度別の呪文を唱えると、液体は細かく震えたのち、またすっかりともとの石へと戻る。

「ご覧のとおりだ。これは石の形をした、人智を超えたる存在。知識と魔力さえあればこのように形を変え、呪いなど魔術の材料にされる。どんなに叩いても砕けず、傷ひとつ付かぬ。加工も不可能。まさに神の御業だな」

どうしてこんなものが残されたのだろうか。見るだけならばただ美しい石の存在が今はただ怖かった。

「なんにせよ、ジュオルノ。謎を解きたいと真に願うのであれば、先々代様について調べるとよいかもしれぬ」

「ええ。昔の記録を調べています。ただあまりに昔のことなので、なかなかはっきりしなくて」

「そうであろうな……石にはなんの罪もないのだ。聖女様、気に病む必要はないぞ」

「はい」

ファルゾーラさんはそう言ってくれるが、やはり私の気持ちは複雑だ。女神様の力が、ジュオルノを苦しめたことに変わりはないのだから。私たちは赤い石をじっと見つめることしかできなかった。

ファルゾーラさんが帰った後、私とジュオルノは無言のまま向かい合っていた。

誰も私を責めないし、女神様を責めたりはしない。女神様が苛烈なる報復をするのは聖女が苦しんだときだ。

本気になれば全ての作物を枯らすことのできる女神様にしてみれば、命を奪わないだけでも優しいということなのかもしれないが、簡単に人を傷つけてしまえる女神様の力は怖かったし、あの石がもたらした結果は「そうですか」と簡単に受け入れられるものではなかった。

「アイリス、そんなに考え込まないで」

ジュオルノはどこまでも優しい。

私だってわかっている。女神様を恨むのは違うって。でも、ではこの行き場のない思いはどこにやったらいいのだろうか。

「とりあえず、僕たちにできることは調べることだけだよ」

「うん……」

落ち込む私の頭をジュオルノが優しく撫でてくれた。オーラは柔らかい青色で私を包み込むように優しい。花びらさえもが私を優しく労るように降ってくる。本当なら私以上に女神様に怒りを向けていいはずのジュオルノは、自分のことよりも私を案じてくれている。

「今日は休もう。顔色が悪い。君のおかげで僕にはたくさんの時間ができた。一緒にゆっくり考えていこう」

優しい声とジュオルノの体温が心地よかった。離れていくのが寂しくて、うっかり自分から身を寄せてしまう。ジュオルノが少しだけ身体を硬くして、んん、と変な咳払いをした。はしたないことをしたと気が付いて恥ずかしくなるが、今はそばにいてほしかった。

「アイリス?」

「ごめんなさい。ちょっとだけ、こうしてていいですか」

「構わないけど、うん、構わないんだけどね」

なぜか深いため息を吐いたジュオルノが私の肩に手を回して抱き寄せてくれる。

「君が落ち着くまでこうしてるよ」

優しいその体温にもたれるようにして目を閉じた。包まれている感触が心地よくて、私はそのまま夢の中に落ちていく。

意識が完全に落ちる寸前に、ジュオルノの「なまごろしだ」という苦しげなつぶやきが聞こえた気がした。

翌日から私たちは、なにか記録がないかと調べはじめた。

図書室で古い本を探してみたが、残されているものは記録として管理されていて目にしたことがあるようなものや、一般に出回っている本ばかり。

この家に一番長く勤めているのはベルトさんだが、ジュオルノのお父様に仕えていた方なので、その前の時代については知らないとのことだった。

昔に勤めていた人たちももう鬼籍《きせき》に入っている人ばかりなので、話の聞きようもない。

「なにか、日記のようなものでもあればいいのに」

私はふと、庭に離れがあり、ジュオルノのおじい様がなにかを研究していたというエルダさんの言葉を思い出した。

「あの、お庭にある離れは調べましたか？　たくさん本があると聞きました」

「おじい様の……？　そうか、うん、可能性はある」

ジュオルノと私は庭にある離れへと向かった。

そこは小さな建物ではあったが、改装で外壁は塗り替えられ、まるでおとぎ話に出てくる妖精の家のようだった。

こんなことさえなければ、ジュオルノと散策するのにとってもいい場所な気がしたが、今はそれどころではない。

扉を開け中に足を踏み入れる。

エルダさんの言葉どおり、室内は掃除されており清潔だ。長く人が使っていなかったせいで、多少古びているが、手を入れれば過ごしやすい場所になるだろう。

壁に備え付けられた本棚には図書室に勝るとも劣らないたくさんの本が並べられていた。古いばかりで特に変わったものはない。手がかりはここにはないかと私が諦めかけていると、ジュオルノが奥に続く扉を開いた。

「まだ奥に部屋があると言っていた。なにかあるかもしれない」

ジュオルノに続き、奥へと入っていく。浴室や台所も備え付けられていて、離れであっても十分に人が暮らせる造りになっているのがわかる。

一番突き当たりの部屋は書斎で、分厚いカーテンを開けて部屋の中を明るくすれば、大きな机と、奥まった場所にまるで大切なものを守るかのようにガラス扉が付いた本棚があった。

そこはまだ誰も手を触れていないのか、ガラスは曇り、うっすらと埃を被っている。

「ここになにかあればいいが……」

ジュオルノがそっと手をかけた。

古い木材が軋む音がして、扉が開く。思ったよりも中に入っていた物は少ない。本の形をしているものは数冊だ。あとは古い紙の束。萎びた本は無理に扱えば壊れてしまいそうなほどに劣化していた。

全て運びだし、明るい机の上に並べる。ほとんどは聖女にまつわる研究の文献で、びっしりと書き込みがされていた。本ばかりかと思っていたが、そのうち二冊は日記のようだった。

私とジュオルノはおそるおそる表紙に手をかけた。

油断したら紙がぼろぼろと崩れてしまいそうなので、ゆっくりと丁寧にページをめくった。

それぞれ別の人間が書いたのだろう。筆跡が違った。ひとつは神経質そうな細かい文字、もうひとつは女性らしい優しい文字だ。

「これ、は……」

ジュオルノが言葉をなくした。私もだ。

ひとつは恐らくジュオルノのおじい様の研究日誌。

そしてもうひとつは先々代の聖女様の日記。そこに書かれていたのは、悲しい恋物語だった。

◇

――なぜ、わたくしが聖女なの？

アネモネは貴族の娘として大切に育てられるはずだった。しかし幼くして聖女候補であることがわかり、教会での巫女勤めが決まる。

今よりずっとずっと戒律の厳しかった教会は外部との接触一切を禁じた。両親と離れる不安。

他の聖女候補たちと仲良くなれぬのではないかという不安。

教会でもアネモネはいつも孤独だった。他にも優れた候補がたくさんいるから自分が選ばれるはずがないとも考えていた。

そんなアネモネを支えたのは一人の若い神官だ。若い神官はアネモネに親身になり、彼女を励まし、巫女としての心得を教えた。

アネモネはいつしか神官に恋をし、神官もアネモネに恋をした。

二人は将来を約束し、聖女選定の儀式が終わったら、アネモネは貴族の家を神官は教会を捨て、二人で一緒になろうと約束した。

しかし運命は残酷で、アネモネは聖女に選ばれてしまう。

聖女アネモネは王宮に召し上げられ、神官と引き離されてしまった。

アネモネは必死で神官との結婚を望んだ。女神様の加護があるから、きっと願えば神官と一緒になれると信じていた。

神官は女神に仕えるため、すぐには結婚ができない立場だと告げられ、しばらく待つように言われてしまった。

まだ少女であったアネモネは周囲の言葉を疑うことなく、久しぶりに会った家族や自分をお姫様のように大切にする周囲に甘えながら、その時を待っていた。

だが、悲劇が起きる。

聖女との結婚を狙う貴族が神官に「聖女は王と婚約し、城で女王のように振る舞い、とっくにお前を忘れた」という偽りを伝えた。

神官は最初その言葉を信じなかったが、送り続ける手紙に返事が一通も来ないことに疑いを持ちはじめ、だんだん貴族の言葉が真実なのではと、心を絶望に染めていった。

そしてついには、恋し愛し慈しみ共に過ごした日々への裏切りだと、アネモネへの感情は愛から憎しみへと変化してしまう。

彼らの手紙は周りが握りつぶしていたのだ。アネモネも返事を待ちながら彼へ手紙を送っていたのに。二人の恋が冷めることを願った様々な思惑により、二人の恋は阻まれた。

ようやく再会が許されたのは、二人が過ごした教会。

久しぶりに会えたことを心から喜ぶアネモネを出迎えたのは、心の壊れた神官。

彼はあろうことかアネモネに刃を向けた。自分のものにならぬなら、殺してしまえ、と。

その刃はアネモネの肌をかすめ、髪を切り取った。愛しい男からの攻撃に、アネモネは恐怖し、とっさに「助けて」と叫んだ。

当然のように容赦のない女神の報復が下される。刃を握った腕が砂のように崩れ落ち、アネモネを罵《ののし》った舌が赤い石となり転がり落ちる。

神官は命を取り留めたものの、聖女に刃を向けた者として廃棄の烙印を押され遠いどこかへ追放されたという。

聖女のもとに残されたのは、かつて愛した男の舌であった赤い石。愛を囁き彼女を喜ばせた無二の存在。彼女の心を殺した残酷な凶器。

その後、アネモネは彼女を誰よりも慈しんだ貴族と婚姻し、王都から離れた街での静かな日々を選んだ。

過去の傷がそうさせるのか、貴族社会を疎み、教会を嫌い、神官や巫女を疎んだ。

以来、教会では聖女候補が異性とかかわることを強く禁じた。それが神官であったとしてもだ。そして聖女候補の心を少しでも落ち着かせるために、定期的な家族との面会を許した。

だが、アネモネにとっては関係ないことだった。今更なにをしても、失ったものは戻ってこない。夫となった人は優しく誠実で、心からアネモネを愛してくれた。可愛い子供にも恵まれたが、心の奥はいつだって霧がかかっていた。

なぜ、どうして、と。

◇

日記には死の直前までアネモネの苦悩がつづられていた。

聖女に選ばれたことで、愛する人と結ばれず、あまつさえその人を傷つけてしまった悲しみや苦しみ。自分に愛を注いでくれる伴侶や子供たちへの罪悪感。どうして自分だったのかという、女神様への問いかけ。

それが伝えてくる一人の女性の心情に、私は気が付いたら泣いていた。日記を濡らさないようにするのが精一杯で、涙をぬぐうことができなかった。

「ジュオルノ様……」

「……アネモネは、先々代の聖女様の名前だ……」

これは彼のひいひいおばあ様の日記。聖女ではない、一人の女性が味わったもの。

彼女が聖女でなければ、神官と恋に落ちなければと、もしもが降り積もる悲しい記録。貴族とはなんて勝手なのか。教会とはなんてひどい場所なのかと憤《いきどお》りが込み上げる。

そして女神様の行いにも。

「どうして、こんな、悲しいことが……」

なぜ女神様は聖女の愛した者の舌を石に変えるなどという報復を与えたのだろうか。確かに彼女を傷つけようとした神官の罪は重い。でも、あんまりではないか。あの赤い石をアネモネはどんな気持ちで見つめていたのだろう。彼女の伴侶となった人は、その姿をどんな思いで見ていたのだろう。胸が痛くて苦しかった。

「こちらは、僕のおじい様の日記だ」

ジュオルノがめくるページには、アネモネと同じくジュオルノのおじい様が感じていた苦しみがつづられていた。

王の姉を妻と迎え、静かな日々を送っていたのに、まだこれからだというところで父が亡くなり当主を継いだこと。それをきっかけに突然の体調不良に苦しむようになったことや、命の期限が短いことに気が付いたこと。愛する人を残していかなければならぬ悲しみ。

なにか手立てがないかと、自分の祖母であるアネモネの日記を調べ過去の出来事を知った。

そして、アネモネが老衰により亡くなってすぐ、ある老人がこの家を訪れたという記録にたどり着く。

なにをしに来たのか、なぜ家に入ることが許されたのかは謎だが、家宝である赤い石が消えたのは、口がきけぬその老人が去った直後だった。

老人が盗人であった可能性から捜索されたが、石の行方も老人の行方も摑めぬままだった。しかしなにもかもがあやふやな古い話でそれ以上のことはなにもわからなかった。

ただ、石が消えて以後、この家の者は皆短命だ。

家宝を失い女神の加護を失ったからではないかと、ジュオルノのおじい様は考えていたようだ。必死で石のありかを探しているとの記述があった。

「そういうことか」

今の私たちならわかる。その老人が神官で、盗んだ石を媒介にこの家を呪ったのだ。そうだという確信が私たちをつなぐ。

なぜ、こんな悲しいことになってしまったの。愛して恋して一緒になりたいと思っただけなのに。

「ひどい、ひどいわ……」

なんて残酷な運命なのだろう。なにが聖女なの。いったいなんなの聖女って。

「ひどい」

なぜ、なぜなの女神様。

アネモネが愛した神官の姿に、記憶を失ったローザの姿が重なる。

報復なんて必要ないのに。加護を与えるだけで十分なはずなのに。どうして私を、私たちを選んだの。加護なんていらないと望んだ人だっていたはずだ。私だって、聖女になりたいなんて思ったわけじゃない。ただ静かに生きたかった。

かなしい、せつない、くるしい。

床にぽたりと落ちた涙が弾けた。それは小さな光の粒となり、私の目の高さに跳ね上がる。見覚えのあるその淡い光。私の悲しみや悔しさがそれを呼んだのだとわかった。

なぜ、今なの。なぜ、私なの。

後ずさる私の肩をジュオルノが抱いて支えてくれた。

光はじわじわと大きくなり、人の拳ほどのサイズになった。そして光が文字となる。

「なにがかなしい　わたしのいとしいむすめ　おまえをくるしめるものは　なに」

どこか戸惑うような文字に私は怒りを感じた。これまでいろいろなことがあったが、こんなに腹が立ったことはない。八つ当たりだってわかっている。女神様がすべて悪いわけじゃない。それでも叫ばずにはいられなかった。

「女神様！　なぜ、なぜです！　なんで報復なんてかなしいことを!!」

私の叫びに光が震え、困ったようにふわふわと漂う。

親に駄々をこねる子供の気持ちがはじめてわかった。どうしようもないとわかっている。でも他にぶつけようがない。

「なにをおこる　かわいいむすめ　まもりたい　それだけ」

「そんなのは守ることじゃないわ！　アネモネは悲しんだのよ！　それに、あの石のせいで、ジュオルノが、ジュオルノの家族がっ！」

叫びながら私は泣いていた。知っている。これは子供の癇癪《かんしゃく》だ。

「おこらないで　いとしいむすめ　なかないで　かわいいむすめ」

光が私の周りをくるくると回る。その様子は昔あこがれた泣く子をなだめる母親と同じに思えた。羨ましいと思うことすら諦めた光景。

「なんで……」

「アイリス」

支えるように肩を抱いていたジュオルノが、私の身体を抱きしめてくれた。

「僕のために怒ってくれてありがとう。僕の家族のために泣いてくれて。でもいいんだ。もうすべては終わったことだ。僕たちにできることは彼らを弔《とむら》うことだけだよ」

「でも、でも」

「君が悲しいと僕も悲しい。悔しさがないと言ったら嘘になるけど、もういいんだ。だって僕には君がいる。だから、もう悲しむのはやめて」

私の涙をぬぐうジュオルノの指はどこまでも優しい。

女神様の光は、私の周りをくるくると回り続けるだけだ。その姿は、神様とは思えないほどにどこか弱々しい。

ジュオルノの腕から離れ、女神様の光に向き合う。今この瞬間、私が聖女であるならばできることがある。女神様が私を通しこの世界に加護を与えることができるように、聖女は女神様に祈りを直接届け向き合うことができる唯一の存在だ。

「女神様、どうかお願いがあります」

「かわいいむすめ　おまえがのぞむのならば　どんなことでも」

「どうか、この先あんなひどい報復はやめてください。誰かが傷つくのは嫌です。それで悲しい思いをする人がいるのも嫌です」

「しかし　わたしはむすめをまもりたい　くるしめるものがゆるせない」

「ならば見守ってください。真実、私たちが女神様に救いを望んだときだけにしてください」

光の球がなにかを思案するようにふわふわと浮き上がり、小さくなったり大きくなったりを繰り返す。

「それが　おまえの　のぞみなら」

なにかを迷うような動きで書かれた文字は細く震えていた。女神様の本意ではないのだろう。

私の周りを包む女神様の光は柔らかく暖かい。きっと聖女である私を娘と呼んだ想いに偽りはなく、女神様は聖女を娘として大事にしてくれているんだと思う。魂が最初の娘の生まれ変わりというのは本当なのかもしれない。

その愛情の深さに、ローザのために叫んだプロム伯爵の姿を思い出す。残酷で歪んではいたが、あれはある意味では親の愛だった。きっと女神様も同じで。

でもちがう。そうじゃない。そんなの間違っている。

私が欲しい優しさや温もりはこんな一方的な愛じゃない。教会という狭い世界から逃げ出した私を助けてくれた人たちの優しさは、優しいだけじゃなかった。私を成長させるための言葉をきちんとくれて、なにがあっても私を支えてくれる。

誰かを苦しめて傷つけたって、悲しい記憶は消えないし、きっと後悔ばかりが残っていく。

「女神様、どうかこの赤い石を全て消して……もう、女神様の力で誰かが苦しむのは嫌です……」

ぽろぽろとこぼれる私の涙をぬぐうように、光が私の頬に触れた。その瞬間、その光を包むオーラが人の形になっていた。

どこか懐かしい優しく美しい女性。私がオーラを見ることができるようになったのは女神様の姿を知るためだったのかと思えるほどに、はっきりとその姿が私の目に映る。

「なかないで　おまえのねがいを　かなえましょう」

少しだけ泣きそうな、困ったような、不器用な、でも温かな微笑み。

おかあさん、となぜか呼びたくなった。

「あいしているわ　かわいいむすめ」

きれいなその人が私の額に口づけを落とした。

そしてゆっくりと離れれば、オーラは見えなくなり、光の粒もふわりと消えた。まるで夢物語のような一瞬の出来事。

立ちつくす私にジュオルノが触れる。きっと私の顔はひどくぼろぼろだ。

「わた、わたし……」

「頑張ったねアイリス。君は本当に優しい人だ」

なにが悲しいのかわからなかった。恋を叶えられず苦しんだアネモネ。愛した人を憎むしかなかった神官。大切な家族を失ってきたジュオルノ。私を愛してくれているのであろう女神様。

涙で濡れた私の頬をジュオルノの手がぬぐってくれた。優しい指の感触が心地いい。

なぜ彼に出会ってしまったんだろう。どうして好きになってしまったんだろう。きっと理由なんてないんだと思う。それが運命なんだとしたら、女神様って本当に残酷だ。

「ジュオルノ、私ね、あなたが好き」

ぽろりと、心の声がこぼれた。今伝えなければ一生言えない気がした。

「好きになる資格なんてないって思ってたの。でも、好き。好きなの」

ぽろぽろと涙と一緒に止まらない言葉が唇を勝手に動かした。もっと自信をつけて。もっと成長してから告げるつもりだった。でも今は、一分一秒だって惜しいと思う。好きな人が目の前にいるのに、どうして思いを告げないでいられるだろうか。

「あなたを好きでいい？」

弱くてなにもできなくて、自分勝手で、聖女で。きっとジュオルノが想ってくれているようないい子じゃないよ私。それでも、私のこと選んでくれるだろうか。

「アイリス」

ジュオルノの顔が近い。きれいな青い瞳の中に涙でぐしゃぐしゃな私が映っている。

「大好きだ」

唇に重なる温かな感触は、生まれて初めての衝撃。ほんの数秒だけ触れて離れていったそれに、ぼんやりしていると、ジュオルノの青い瞳が困ったように笑う。

「言っただろう。僕は君が本当に大切だから君を一生守りたいって。なにがあってもその気持ちは揺るがない。むしろ女神様に立ち向かった君にさらに惚れなおした。ねぇ、アイリス。僕は僕でいいかなんて聞かない。君が僕を選んでくれたなら、僕は君を絶対に離さないと誓うから」

だから目を閉じて、と甘い声に言われるがままに私は目を閉じた。

重なる二度目のキスは甘くて幸せで、少しだけ涙の味がした。

それから何度もキスをして、だんだん冷静になった私がもうだめ！　と叫ぶまで雨みたいに顔中にキスされて。涙さえも吸い上げられて悲鳴が出た。

手加減してくださいと訴えたら、どれだけ我慢したと思ってるの？　と意地悪く小首を傾げられて、最後にとても長くて深いキスをされた。

涙は乾いたけど、恥ずかしさとかいろいろで歩けなくなった私を抱きかかえ屋敷に戻ったジュオルノは、またエルダさんに怒られていた。怒られながらもジュオルノは幸せそうに笑っているから、私はかばう気までなくしてしまう。私をどうあっても離さないジュオルノにエルダさんまであきらめの表情。

最初からこれじゃあ先が思いやられると頭を抱えたくなったけど、ジュオルノの蕩けそうな笑みが嫌じゃない私も大概だと諦めて、彼の胸に頭を預けた。

女神様は私の願いを聞き届けてくれたのか、ジュオルノの手元にあった赤い石は白い砂となり形を失っていた。きっと、人の手に残っている石の全ては消えてしまったのだろう。願いを叶えてくれたことを女神様に心から感謝した。

ファルゾーラさんに砂になった赤い石の残骸を届けると、どこか安心した顔でよかったと喜んでくれた。彼も、魔術師が作り出した恐ろしい呪いについていろいろと思うところはあったのだろう。

だが、これとそれとは話が別だとばかりに砂について研究を始めると息巻いてもいて、そのパワフルさに救われる思いだった。

アネモネの日記とジュオルノのおじい様の日記は一緒にゼビウス家の墓地に納められること

になった。

アネモネがつづった日記がすべて真実なのか、今となっては確認するすべはない。

ただ、ゼビウス家に残された記録ではアネモネは夫であったゼビウス家の当主と仲睦まじく、静かな人生を送ったと記されていた。

それも彼女の人生の一面だったのは事実なのだろう。

短くして命を落としてしまったジュオルノの家族たちに手を合わせ、どうか静かに眠ってほしいと願いを込めた。

「そんなに一生懸命なにを祈っているの？」

「皆さんが、どうか安らかに眠れるようにって」

「そうか、きっと喜んでいるよ」

「そうかな」

「そうだよ。アイリス、確かにみんな短い生涯に悔いはあったと思うよ。でも僕の両親は僕の記憶の中ではずっと仲睦まじかった。両親から聞かされたおじい様たちの姿もそうだ。普通より早く命を落としたからといって、その人生が全て悲しい記憶だったわけじゃないんだよ」

ジュオルノはいつだって私に優しい言葉をくれる。

「そうだ。僕からもアイリスを紹介しておかないとね。僕の最愛の人だよって」

「もう！　恥ずかしいです！」

「事実だからいいじゃないか。知ってほしいんだ、僕の家族に。これから僕の家族になる人のことをね」

ジュオルノの手が私の腰に回され、優しく引き寄せられる。

二人揃って彼の家族が眠る墓に向き合った。

「心配しないで、僕は幸せになるから。また顔を見せに来る。子供も連れてね」

「な、な!」

その発言に私は真っ赤になってジュオルノを見上げた。ジュオルノはどこか意地悪な笑みを浮かべている。

「アイリス、愛しているよ。僕の人生で愛するのは君だけだ。どうか僕と一生を添い遂げてほしい」

ここでそんな告白をされて嫌だなんて言える人がいるものか。

溶けそうなくらい熱くなった顔で彼を見上げ口をパクパクさせている私に、ジュオルノの顔がゆっくり近づいてくる。

「だめ」

さすがにお墓の前でキスなんてできない、と慌ててその口を両手で覆った。キスを防がれて不満顔のジュオルノが、私に口を塞がれたままもごもごと不服そうな声を上げている。

「僕とキスするのが嫌なの?」

「こ、ここじゃだめ！」

「ふうん、じゃあここじゃないところに行こうか」

「ひゃん！」

ぺろり、と口を塞いでいた掌を舐められて急いで手をどけたすきに、ジュオルノは私の身体を軽々と抱き上げた。

「もう！　ジュオルノ！」

「アイリスはまだまだ軽いね。しっかり食べて大きくならないと」

「もおおお！」

恥ずかしくて落ち着かなくて、それでも嬉しくて。

私は落ちないようにジュオルノの首に手を回しながら、仕方がない人だと笑ってしまった。

◇

「で、めでたく二人は婚約するってことね」

私が城に遊びに行くのを待ちきれなかったマリー様がやってきたのは、私が城から戻ってきて、たったの二週間後。

ジュオルノが私との婚約願いを陛下に送ったのを聞きつけたらしい。知らせもなくやってきたのが相変わらずで愛おしかった。

「別にいいのよ？　アイリスも納得して、アイツの告白を受け取ったんでしょう？　いいじゃない両想いで。すばらしいわ！」

なんだか自棄のように叫ぶマリー様の婚約は、まだまだ前途多難らしい。

「マリー様のお相手もきっと素敵な方ですよ。今度こそ結婚できますよ。私、わかります。だってマリー様は素晴らしい方ですもの」

一緒にお茶をしながら慰めればマリー様はパッと顔を明るくして私を見た。

「まあ！　アイリス、やっぱりジュオルノなんてやめて城に戻らない？　エレンと結婚すれば名実ともにわたくしの家族よ」

その言葉にげんなりした顔をするのは私の隣に座っているジュオルノだ。

マリー様がやってきたという話を聞いて仕事を切り上げて帰ってきたのだが、本当に過保護だと思う。

「マリー……せめて僕がいないところでアイリスを口説いてください。まぁ、僕のアイリスがそんな簡単になびくとは思わないけどね」

自信に満ちた彼の言葉に呆れつつも、事実だから否定はできない。ちらちらと私の顔を見てくるところが可愛いなんて思ってしまうあたり、私もかなり重症なんだろうけれど。

マリー様に優しく微笑んで、一応は彼の言葉を肯定しておくことにした。

「ごめんなさいマリー様。私、ジュオルノ様がいいんです」

「まぁぁぁ！　アイリスまで！　ジュオルノ！　あなたどうやってアイリスを誑《たら》し込んだの！」

　私の言葉に声を上げ、ぎろりとジュオルノを睨みつけたマリー様と、どこか勝ち誇った顔でそれに応えるジュオルノ。そんな二人に挟まれてつい笑ってしまう私。

　ここにエレン殿下が来たら、呆れ顔で二人を諫めてくれるのだろうか。


　聖女としての御披露目の式典は私が正式にジュオルノと婚約して、周囲が落ち着いてからにしようということになった。

　一部の貴族たちの中にはエレン殿下と結婚すべきではないかという声もあるらしく、煩わしい出来事に私を巻き込まないためという配慮なのだろう。エレン殿下から申し訳なさそうな手紙も届いた。

　国王陛下は私が教会に戻ることを、まだ諦めてはいないらしい。婚約することを喜んでくれた手紙の最後には大変回りくどくそういう気持ちが書かれていた。

　確かにこの国に教会は必要で、女神様への祈りや、祈祷は大切なことだと思う。女神様の加護により、この国は豊かで栄えているのだ。

　巫女として過ごした日々は無駄ではなかったのもわかっている。いつか教会に行く日が来るかもしれない。聖女である私にしかできないことがあるような予感もある。

この先私がいなくなった後も、聖女は選ばれ続けるのだろう。

彼女たちが少しでも幸せに健やかに過ごせるように居場所を整えてあげなければいけないと感じている。私のように天涯孤独の身であっても聖女に選ばれる可能性があるということを、しっかりと伝えていかなければ、またあんな悲しいことが起こるかもしれない。

でも、私を愛しげに見つめて微笑むジュオルノから離れて教会に戻れるかと聞かれれば、今すぐには無理だって答えるしかない。

こんなにも大事にして愛してくれる人のそばから離れる理由が思いつかない。

今はようやく手に入れたこの幸せな日々を愛していたいから、教会にはしばらく戻れそうもありません。

書き下ろし
番外編

# それは、恋の味

穴があったら入りたい。

人生において恥ずかしい思いをしたことは何度もあるが、これほど恥ずかしい思いをしたのは初めてだし、どうにかこれが最後にしてもらいたい。

さかのぼること数時間前。

私とジュオルノは並んでひとつの手紙を書いていた。

それは私とジュオルノの婚約を王様に願い出る内容で、中身のほとんどはジュオルノが書いたが、最後の行には私の意志を示す署名が必要なのだという。

貴族間で交わされる手紙には細かい決まりが多く、私にはさっぱりわからないことばかりだったが、ジュオルノが「アイリスを妻に」という一文を書く瞬間の恥ずかしさと嬉しさは、言葉にしがたいものがあった。

「アイリス、ここに名前を」

「は、はひ」

緊張のあまり返事を噛んでしまった。

ジュオルノは笑いながらも私の手にペンを握らせてくれる。

震えそうになる腕を叱咤しながら、聖女アイリス、と名前を記した。

「これを国王陛下に届けて許可されれば、僕らは名実ともに婚約者になれるね」

嬉しさを隠し切れないというジュオルノがいそいそと手紙を封筒に入れている。

「許可が下りないなんてことないですよね？」

聖女になったとはいえ、素性の知れない孤児である私が王位継承権もあるジュオルノと結婚しても大丈夫なのだろうか。

「アイリスは許可が下りてほしくないの？」

ちょっと意地悪な顔をしたジュオルノが、私に顔を近づけて囁く。

「まさか！　ただ、私とジュオルノじゃ釣り合わないんじゃないかって」

「まあ確かにね。君と僕は歳も離れているし、僕は大きな役職についているわけじゃない。まだ婚約者もいない歳の近い王子がいるのに、という意見は出てくるかもしれない」

「え、そっちですか？」

私が目を丸くすれば、ジュオルノは拗ねたように唇を尖らせる。

「アイリスはいい加減、自分の価値を理解したほうがいいよ」

ジュオルノは私の腰に腕を回すと、抱きしめるように引き寄せた。

「君はこの国で最も尊い聖女だよ？　僕よりもずっと地位だって上だ」

息がかかるほどに近いジュオルノの顔が綺麗で落ち着かない。

ちょっと離れてほしくて腕を突っ張るが、ジュオルノの身体はびくともしない。

それどころか逃げようとする私の態度でいたずら心に火がついたのか、ますます私を捕らえる腕の力が強くなったような気がする。

「聖女を王都に置いておきたいと考える貴族は多い。君が僕と結婚して、この街を生活の拠点にすることを面白く思わない奴らがなにか言ってこなければいいんだけど」

揺れる青い瞳が、ジュオルノの不安を伝えてくる。

最近はオーラに頼って気持ちを見ることはあまりしていない。

大切な人たちの心を盗み見るような気がしていたたまれないからだ。

それに目で確かめなくても、ジュオルノはいつだって言葉と態度で私に真心を伝えてくれる。

ちょっと伝えすぎではないかと思うときもあるけれど。

今みたいに。

「私が、ジュオルノがいい、って言ってるのに認められないの？」

急に不安になってしまう。

マリー様からも、くれぐれも他の貴族たちの動向には気を付けるように言われていた。

ジュオルノとの結婚が許してもらえなかったらどうしよう、と急に不安になってしまう。

「アイリス、それはちょっと、うん」

ジュオルノが急に腕の力を強めて私をぎゅっと抱きしめた。

「ジュオルノ！」

「なんて可愛いんだ。大丈夫、なにがあっても僕は絶対に君と結婚する」

その気持ちは嬉しいが、こうも頻繁に抱きしめられると心臓がもたない。

わかったから離して、と腕の中で軽くもがいてみるが腕が緩む気配はない。

「ようやく君が僕の気持ちに応えてくれたのに、許可が必要だなんて生殺しにもほどがあるよ」

「もう！　いい加減にしてください！」

恥ずかしさで耐え切れなくなってつい大きな声を上げれば、ジュオルノは笑いながらようやく私を解放してくれた。

「ごめんごめん。アイリスが可愛くて、つい」

「ついじゃないですよ、もう」

ドレスや髪を整えながらジュオルノから少し距離を取る。

また捕まえられたらたまらない。

「怒った？」

私が距離を取ったことで、ジュオルノの青い瞳が悲しげに揺れる。

「お、怒ってはいませんけど」

恥ずかしいのと、どうしたらいいのかわからないので混乱はしている。

お互いに想いを伝え合って以後、ジュオルノは私との距離をどんどん詰めようとしてくる。

今みたいに気軽に抱きしめたり、手を握ったり、髪を撫でたり。

嫌ではない、決して嫌ではないけれど、ちょっと頻度が高すぎる。

私はジュオルノのことが男性として好きだし、それを伝えたから、もちろんそういう意味もあるけれど、いかんせん早すぎると思うのだ、いろいろと。

恋愛の経験などまったくない私にとって、どこまでが正解なのかまったくわからない。

「僕としてはもう少しアイリスから求めてもらえると嬉しいんだけど」

「も、求めって！」

顔に熱が集まるのがわかる。

「せめて、たまにはアイリスから抱きしめてほしいなぁ、なんて。嫌がられるとさすがの僕も少しだけ不安になるよ？」

ね、と意地悪く微笑んだジュオルノがまるでおねだりをするように両手を広げて私のほうを見つめてくる。

「うう」

ばか！　と叫んで逃げ出したい気持ちになったが、不安になると言われると、私だって不安になる。

恋心ってこんなに厄介なものだなんて知らなかった。

「……ちょっとだけですよ」

おずおずとジュオルノに近寄り、両手を広げている彼の腕の中に私も腕を広げてそっと滑り込むように抱きついた。

大柄ではないが、やはりジュオルノは大人の男性なので私の腕は背中の半分ほどまでしか回らない。服越しに伝わってくる体温に身体を預けるように頬をくっ付ければ、頭上のジュオルノが「ああ」とため息をこぼす。

「アイリス」

名前を呼ばれただけなのに、胸の奥がきゅんと締めつけられる。

顔を上げれば私を見下ろすジュオルノの顔がゆっくりと近づいてきて。

自然と目を閉じようとした、そのときだった。

「坊ちゃま、そろそろお時間ですよ！」

ノックと同時に扉が開く音がしてエルダさんと数人のメイドさんが部屋に入ってきた。

「あら」

「ひえぇ」

私たちを見て目を丸くし顔を赤くする皆の様子に私は悲鳴を上げて、ジュオルノを思い切り両手で突き飛ばしていた。

「わ！」

まさか私に突き飛ばされるとは思わなかったらしいジュオルノは、数歩後ろによろめき目を真ん丸にして私を見ている。

くっ付いているところを見られた恥ずかしさやら、ジュオルノを突き飛ばしてしまった気まずさなど諸々の感情が押し寄せてきて、私は部屋を飛び出したのだった。

逃げ出した先は図書室。

本に囲まれた薄暗い部屋のおかげで気持ちが落ち着く気がする。

膝を抱え床に座り込んでさっきのことを思い出すだけで、そのまま床を転がり周りたいほどに恥ずかしくなってくる。

「もう、私どうしちゃったのよ」

ジュオルノに触れたり触れられたりすることは嫌じゃないのに、恥ずかしくて居ても立ってもいられなくなってしまう。それでも離れると寂しくて。

ただ彼を好きだと思っていたころにはここまでじゃなかった。

彼に好きだと伝えただけで、どうしてこうなってしまうのか。

「ジュオルノ様が変わりすぎなのが悪いのよ」

八つ当たりも同然な呟きをこぼして、膝に顔をうずめる。

「……」

本当は変わったのはジュオルノではなく自分だってことには気が付いている。

恋人同士になったわけで、これから先は婚約者になりいずれは結婚して夫婦になる関係だというのに、ちょっと触れ合っただけで大騒ぎしている私はずいぶんと子供っぽい。

出会ってからいろいろなことを教えてもらって、たくさんの人たちとかかわらせてもらったことで、教会を逃げ出したときよりは少しだけ成長できた気はするけれど、経験不足な私にはいろんな意味で刺激が強すぎて、どうしても恥ずかしさが勝ってしまうのだ。

やっぱり私みたいなお子様は違うって呆れられて、聖女だから仕方がないなんて思われたら。

あの綺麗な花びらが消えてしまったら。

考えるだけで血の気が引くほどに怖くなる。

それでも、簡単には素直になれる気もしない。

「嫌われたらやだなぁ」

「誰が誰を嫌いになるの？」

「わぁ！」

頭上から降ってきた声に驚いて顔を上げれば、いつやってきたのかジュオルノが私の前に立っている。

反射的に逃げようと立ち上がって後ろに下がるが、私の真後ろは本棚で背中はすぐに突き当たる。ジュオルノはゆっくりとした動きで私の左右を両腕で囲い込んでしまって、もう逃げ場はない。

「そう言えば、前もこんなことがあったよね」

図書室に初めて連れてきてもらったあの日、今とほとんど同じ状況になった私は追い詰められた獲物のような気持ちで、ジュオルノに自分の正体を打ち明けたのだった。

ほんの数週間前のことなのに、もう懐かしくさえある。

「で、アイリスは誰に嫌われると思ったのかな」

「それは……」

あのとき同様、私は捕まった兎のような気持ちでジュオルノを見上げている。

「もしかして僕が君を嫌うだなんて考えてるの？」

青い瞳がちょっとだけ細くなる。

「そういうわけじゃなくて」

「もしそうなら、とても悲しいなぁ。僕は世界で一番君が好きなのに」

「ひえぇぇ」

熱烈すぎるジュオルノの言葉に私はもう息も絶え絶えだ。

逃げられもしないのに、少しでも距離を取ろうと身をよじって本棚にしがみつく。

そんな私を見つめ、ジュオルノが小さなため息を吐いた。

「……本当は自分でもわかってるんだ。君が僕を好きだと言ってくれたことが嬉しすぎて、ちょっとはしゃいでる。ごめん、大人げなくて」

ジュオルノの顔が近づいて、私の肩に額を押し当てるようにしてもたれかかってくる。

金の髪がさらさらと私の頬を撫でて、彼の体温と匂いが私の動悸をさらに速めていく。

「僕のほうこそ、君に嫌われたらどうしようって不安なんだ。だから、逃げられないように早く君と婚約したいし、結婚したいって思っているって言ったら、呆れるだろ」

「そんなこと……」

私だって、ジュオルノと早くちゃんと婚約したいと思っている。

ジュオルノは私が聖女だとわかる前から想っていてくれたことは知っている。彼の気持ちを疑ったことは一度もない。

「逃げたりなんかしませんよ」

ジュオルノの頭を包み込むように腕を回して抱きついた。

腕の中のジュオルノがちょっとだけ震えた気がするけど、気が付かないふりをしてぎゅうぎゅうと腕の力を強くしてしがみつく。

「アイリス？」

「笑わないでくださいね？ 私、ジュオルノ様と一緒にいると恥ずかしくて、くすぐったくて、走り出したくなるくらい落ち着かなくなるんです。触れてくれるのは嫌じゃないし、その、私も、もっとくっ付きたいって思ってるんですけど、どうしても恥ずかしくて」

好きな人と一緒にいたいという気持ちが、こんなに大変だなんて知らなかった。

本当になにもかもが初めてで、気持ちが追いつかない。

「わがままってわかってます。子供みたいで情けないって」

しがみついたまま、ジュオルノの髪に鼻先を埋めた。

男の人なのに、ジュオルノはいつだっていい匂いがする。

「私、頑張りますからもうちょっとだけ、ゆっくりお願いします」

そう口にしながら、我ながらなんて恥ずかしいことを言っているんだと声がどんどん尻すぼみになっていく。

でも勇気を出して伝えられたので、ぐちゃぐちゃだった感情が少しだけ解けた気がする。

「うわあ」

だが、今度は私の腕の中でジュオルノがなんとも言えない声を上げた。

強く抱きつきすぎて、どこか痛かったのかと慌てて腕を解けば、ジュオルノは俯いたままずるずると床に座り込んでしまった。

さっきとはまるで真逆の状態だ。

「ジュオルノ様？　大丈夫？」

声をかけてもジュオルノは顔を掌で覆ったまま、なにかぶつぶつと呟いている。

「……平常心、平常心だ……」

「どこか痛かった？　ごめんなさい……」

不安になってそっと頭を撫でながら、彼のオーラを確認する。

見えたのは図書室が埋まってしまいそうなほどの大量の花びら。

しかも目に鮮やかな真紅の花びら。

まるで薔薇だ。大輪の薔薇が雨のように降っている。

私の視界はそれだけで埋められてしまい、実態がないはずなのに、息ができなくなるんじゃないかと大慌てで視界を切り替えた。

「あ、あの」

花びらは彼の恋心だと知っているだけに、恥ずかしさでいたたまれなくなってしまう。

色の濃さが思いの強さなのだとしたら、私はどれほど彼に思われていることだろうか。

「アイリス、頼むからあんまり煽らないで。はしゃいでいるのも本当だけど、これでも僕は、すごく我慢もしてるんだから」

「え、えぇぇ？」

あれで我慢してるの！　嘘でしょ！

叫びたいけど、驚きが勝って声が出ない。

「ああもう、君が可愛すぎてだんだん腹が立ってきた」

「きゃっ」

ジュオルノは立ち上がると私を強く抱きしめた。

「僕をこんなに夢中にさせて、本当に君は聖女様？　僕を惑わす妖精じゃないのかな」

「な、なにを」

「ああもう。君が聖女である限り、僕だけのアイリスだからと、ずっと腕の中に閉じ込めておけないのがこんなに苦しいだなんてなんて拷問だろう」

僕だけのアイリス。

ジュオルノが望むのが聖女としての私ではなく、私自身だというなによりの言葉。

胸が苦しいほどにいっぱいになって瞼が熱くなってきた。

「私は、ジュオルノ様だけの私ですよ」

抱きしめられるままだった腕を動かして、彼をそっと抱きしめ返す。

さっきまで恥ずかしさで逃げ回っていたくせに、ジュオルノの言葉ひとつで簡単に気持ちが浮き上がってしまった。

これも恋の醍醐味というものだろうか。

今度マリー様辺りに相談してみようかな、と考えるが「わたくしへの当て付けかしら！」と怒られる未来が容易に想像できて、おかしくなってくる。

「ふふ」

こらえ切れずに笑ってしまえば、ジュオルノが自分のことを笑われたと思ったのか、拗ねた顔で私を見た。

「笑うなんてひどいじゃないか。せっかくいい雰囲気だったのに」

「違うんです、そうじゃなくて」

恋心がこんなに忙しくて恥ずかしくて温かいなんて、ジュオルノに出会わないまま聖女になっていたらきっと知らなかった。

「ジュオルノ様、私、すごく幸せです」

ジュオルノの頬を両手で包んで、自分から顔を近づけ彼の額に唇を押し当てる。

「だいすき」

これが今の私から彼に返せる精一杯だけど、きっと許してくれるよね。

「……」

笑ってくれるかと思っていたのに、ジュオルノはぽかんとした表情のまま固まって、私が唇を押し当てた額を掌で押さえると、形容しがたい唸り声を上げて、首筋まで一気に真っ赤に染まってしまった。

「反則だ」

真っ赤なジュオルノの顔なんて初めてで、驚きよりも興味が勝った私は彼の顔をもっとよく見るために爪先立ちになる。

だけどジュオルノは私から離れて腕で顔を隠してしまう。

「ジュオルノ様？　ねえ？　どうしたの？」

これまでの仕返しとばかりに、彼を追いかけるよう近寄って意地悪な問いかけをついつい口にしてしまう。ちょっと楽しい。

「アイリス？」

低くなったジュオルノの声に、やりすぎたと思ったときはもう遅くて、私は再び彼の腕の中に捕まっていた。

「悪い子にはお仕置きが必要かな」

「え、あ！」

言い訳が言葉になる前に、私の唇はジュオルノによって蓋をされてしまった。

重なる体温は温かく、ちょっと甘くてほのかに苦い。

これが恋の味だと理解できるくらいには、私も成長できたらしい。

「アイリス、僕も君が大好きだよ」

唇をくすぐる彼の言葉に、私はくらくらするほどの幸せを感じながら、再び近寄ってくる気配に応えるように、ゆっくりと目を閉じたのだった。

あとがき

上巻に引き続いてこんにちわ。作者のマチバリと申します。
この度は、この『廃棄巫女の私が聖女!?　でも騎士様に溺愛されているので、教会には戻れません！』の下巻を手に取っていただき、ありがとうございます。

誘拐騒動が解決し、無事に聖女となったアイリスの物語はいかがでしたでしょうか。この下巻の見どころは、ジュオルノの溺愛ぶりだと自負しております。君は本当にアイリスが好きだなぁと書いているこっちが恥ずかしくなるほどの溺愛ぶりでした。番外編では、本編以上にアイリスに夢中な彼を書けて本当に楽しかったです。

ヒーローであるジュオルノは騎士という肩書きを背負っていますが、本編中では騎士らしい見せどころがほぼなく、無念でした。私は王子様よりも騎士が好きで好きで（笑）油断するとヒーローはいつも騎士になってしまいます。気障《きざ》でスマートなタイプもいいですし、無口で女性の扱いに慣れていない無骨なタイプも大変美味しいですよね。

作中の女子で一番好きなのはマリーです。あの元気のよさ、愛せる。アイリスのように、自己肯定感の低い女の子も大好きなのですが、マリーのように我が道を生きるタイプの女子も大好きです。執筆中もとても生き生きと動いてくれてとても助かりました。

今作のヒロインたちはすべて花から名前をいただきました。アイリスはもちろんですが、ローザ、マリー、リリィ。アイリーンだけはバラの品種名だったりします。すべてとても綺麗な花なので、何かの機会があって目にすることがあれば、彼女たちのことを思い出してみてください。

上巻に引き続き、下巻でも素敵なイラストを描いてくださった春が野かおる先生、本当にありがとうございます。表紙！　表紙を見ましたか皆さま！　ジュオルノの溢れんばかりの愛に満ちた表情と、それに応えるアイリスの幸せそうな笑顔！　こっちが照れる！　最高！

この作品を形にしてくださった担当編集さま。本当にありがとうございました。毎回優しい言葉をかけてくださり、楽しいばかりの作業でした。

なにより、上下巻と長い物語を最後まで読んでくださった皆さまに、本当に心からの感謝を。

少しでも楽しんでいただけたのなら幸いです！

マチバリ

隣国の王女フィオナが、実は自分の前世である――奇妙な巻き戻り転生の記憶が突如アイリスの脳内を駆け巡った。記憶が戻ったきっかけは、そんな前世で仇敵だった王子・アルヴィンとの出会い。

前世、彼に密かな恋心を抱いていた王女はしかし、このままだと王子の裏切りにあって悲惨な最期を迎えてしまう。

前世の自分を救うべく、アイリスは王女の家庭教師となり、破滅の未来を書き換えようとするのだが……なぜか敵のはずのアルヴィンがうざったく絡んできて!?

「おまえは本当にフィオナがお気に入りなのだな」

「ええ、だから王子に構ってる暇はないんです。あと、勝手に髪に触らないでください」

「心配するな、おまえの髪はサラサラだ」

「そんな話はしてないよっ！」

……この裏切りの王子、とても邪魔である。

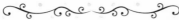

# 悪役令嬢のお気に入り 王子……邪魔っ

著 緋色の雨　イラスト 史歩

PASH UP!でコミカライズ 好評連載中！

漫画 しいなみなみ

## PASH!ブックスFiore 新刊続々

7月2日発売予定　『フィナーレは飾れない』 著：ごろごろみかん。 イラスト：八美☆わん

8月6日発売予定　『チートで家庭菜園～多分私が精霊姫だけど、他に名乗り出た者がいるので、家庭菜園しちゃいます～』 著：深凪雪花 イラスト：朝日川日和

## ひょんなことからオネエと共闘した180日間

**著** 三沢ケイ **イラスト** 氷堂れん

令嬢ジャネットは今日も舞踏会場の壁の花。

エスコート役の婚約者・ダグラスが自分をほったらかすのは毎度のことだけど、今日は見知らぬ美少女と火遊び中の彼を目撃してしまい、こぼれる涙が止められない。

そんなジャネットに声をかけてきたのは、**大柄迫力美人のオネエ!**

**「何をやってもブスで貧相でどうしようもない女なんて、この世に存在しないのよ!」**

オネエのレッスンを受けることになったジャネットは、綺麗になって婚約者をギャフンと言わせることができるのか？

ジャネットとオネエが奮闘するドタバタな日々を上下巻でお届け!

## 妃教育から逃げたい私

**著** 沢野いずみ **イラスト** 夢咲ミル

王太子クラークの婚約者レティシアは、ある日クラークが別の令嬢を連れている場面を目撃してしまう。

「クラーク様が心変わり……ということは**婚約破棄! やったぁぁぁ!!**」

娘を溺愛する父公爵のもとでのびのび育ってきたレティシアには、厳しい妃教育も、堅苦しい王太子妃という地位も苦痛だったのだ。

喜び勇んで田舎の領地に引きこもり、久々の自由を満喫していたレティシアだが、急にクラークが訪ねてきて恐ろしい宣言をする。

**「俺たちまだ婚約継続中だから。**近々迎えに来るよ」

——何それ今さら困るんですけど!?

**絶対に婚約破棄したい令嬢 VS 何がなんでも結婚したい王太子**の、前代未聞の攻防戦がここに開幕!

## 辺境の獅子は瑠璃色のバラを溺愛する

**著** 三沢ケイ **イラスト** 宵マチ

美貌を見込まれ、伯爵家の養女となったサリーシャ。王太子妃候補として育てられるものの、王太子のフィリップが選んだのはサリーシャの友人・エレナだった。かすかな寂しさの中で迎えた2人の婚約者発表の日、賊に襲われたフィリップとエレナを庇ってサリーシャは背中に怪我を負う。

**消えない傷跡**が体に残り、失意に沈むサリーシャのもとに、突然10歳年上の辺境伯・セシリオ＝アハマスから結婚の申し込みがあり!?

——お会いしたこともない方が、なぜ私に求婚を？

戸惑いつつも、**寡黙な彼が覗かせる不器用な優しさや、少年のような表情**にサリーシャは次第に惹かれていく。

ずっと彼のそばにいたい。でもこの傷跡を見られたらきっと嫌われてしまう。

悩むサリーシャだが、婚礼の日は次第に近づいてきて……

# 『まだ早い!!』コミカライズ今秋スタート予定♥

あらすじ

国一番の商家のひとり娘・フーリンは、花よ蝶よ甘いものをどうぞと育てられるうち、**とんでもない巨体**となってしまった。

ところがある日彼女の三段腹に、第二皇子の**運命の伴侶であることを示すアザ**が浮かび上がり……名乗り出ないといけないのはわかっているけど、こんな太った体じゃ到底ムリ。しばらく隠れていようと思っていたのに、伴侶探しに血眼になっている第二皇子が我が家にも来ると聞き、急遽隣国に留学を決める!

**学園を舞台に繰り広げられる、冒険あり友情ありのドタバタ恋物語☆**

**原作小説❶&❷好評発売中!**

## 青薔薇姫のやりなおし革命記

**著** 枢 呂紅　**イラスト** 双葉はづき

歴史ある誇り高きハイルランド王国の、建国を祝う星祭の夜。

王妃アリシアは城に乗り込んできた革命軍に胸を貫かれ、命を落とした———はずだった。

王女アリシアは10歳のある日、突然「革命の夜」の記憶を取り戻し、自分が**“やりなおしの生”を生きている**ことに気付く。

混乱するアリシアを待ち受けていたのは、**前世で自分を亡き者にした謎の美青年・クロヴィスとの再会**だった———。

運命のいたずらで“やりなおしの生”をあたえられた王女が、滅びの未来を変えるため、革命首謀者あらため王女付き補佐官・クロヴィスと共に立ち上がる!

## 紅の死神は眠り姫の寝起きに悩まされる

**著** もり　**イラスト** 深山キリ

強大な軍事力を持つエアーラス帝国と同盟を結ぶため、政略結婚することになった姫、リリスことアマリリス。

「**目指せ、押しかけ女房!**」の精神で嫁いだけれど、夫・皇太子ジェスアルドは、人々から呪われた**“紅の死神”**と恐れられ、リリスのことも冷たくあしらう。

しかし！ そんなことでめげるリリスじゃない！ このままお飾りの妃として、キスも知らないで生きていくのは絶対にいや!!

だけど実はリリスも、**国家機密級の秘密**を抱えていて——。

無愛想皇太子ジェスアルドと、不思議な力を持つ眠り姫リリスの押せ押せ王宮スイートラブロマンス!

## 悪役令嬢、時々本気、のち聖女。

**著** もり　**イラスト** あき

エリカ・アンドールは王立学院に通う16歳。

周囲が黙る美貌に、名門侯爵家の一人娘という肩書きで遠巻きにされているけれど、本当は**冒険小説が何より好きな夢見がちな少女**。

演劇で悪役“イザベラ”を演じたせいで、**男を次から次に手玉に取る悪女**……そんな噂を立てられ、あろうことかヴィクトル王子殿下の**お妃候補**と目されて!?

いいえ、わたしはせっかくできたお友達リザベルとの楽しい学院生活を謳歌して、あこがれのギデオン様と幸せな結婚生活を送るつもりなのよ!

引っ込み思案の自分を変えたいと奮闘する、純情乙女エリカの恋と魔法の学園物語。

この本を読んでのご意見・ご感想・ファンレターをお待ちしております。
〈宛先〉　〒104-8357　東京都中央区京橋3-5-7
（株）主婦と生活社　PASH！編集部
「マチバリ先生」係
※本書は「小説家になろう」（https://syosetu.com）に掲載されていたものを、改稿のうえ書籍化したものです。

PASH!ブックス

廃棄巫女の私が聖女!?
でも騎士様に溺愛されているので、教会には戻れません！（下）
2021年6月14日　1刷発行

| | |
|---|---|
| 著　者 | マチバリ |
| 編集人 | 春名 衛 |
| 発行人 | 倉次辰男 |
| 発行所 | 株式会社主婦と生活社<br>〒104-8357　東京都中央区京橋3-5-7<br>03-3563-5315（編集）<br>03-3563-5121（販売）<br>03-3563-5125（生産）<br>ホームページ　https://www.shufu.co.jp |
| 製版所 | 株式会社二葉企画 |
| 印刷所 | 大日本印刷株式会社 |
| 製本所 | 株式会社あさひ信栄堂 |
| イラスト | 春が野かおる |
| デザイン | 井上南子 |
| 編集 | 黒田可菜 |

©Machibari　Printed in JAPAN　ISBN978-4-391-15576-1